U0650328

孤独远行

Wandering Out of Loneliness

阿Sam 著

湖南文艺出版社
HUNAN LITERATURE AND ART PUBLISHING HOUSE

博集天卷
CS-BOOKY

我们孤独
又任性地活着，
不是吗？

　　每个人的内心都有一片地是留给孤独的，很多人恐惧孤独，于是每日饮酒唱歌以为可以忘却它，也有的人谈一场恋爱，结婚生子就这样过了十几年，忙忙碌碌之中偶尔在想生活已经被所有的琐碎占有了，内心那一点点孤独之感也可能荡然无存。我们害怕孤独，有时候又迷恋着孤独，因为它像是一位老朋友，总会等着你把所有的心事、情绪都留在那里，不被任何人看到。

　　"5月7日深夜1点05分，我一小时前刚刚醒来。此刻坐在离家最近的一个营业到深夜的咖啡馆里吃东西。我没洗脸只穿了足够暖和的衣服，带了香烟和交通卡，我不知道自己要去哪儿，我谁也不想见。没有Damien Rice（戴米恩·莱斯）或Sigur Rós（胜利的玫瑰），耳朵里充斥着听不懂的语言，我便以为自己是隐藏起来的，是安全的。"

这是我一个曾经住在悉尼的朋友在微博上写过的一段话，八年前我们曾一起去大洋路自驾旅行，之后的日子里我们再也没见过了。时间是一个可怕的东西，当你疏离一些人的时候，甚至连他的样子都不太能记起，偶尔听到朋友提到他也都是只言片语。一个人的模样会模糊，文字却会一直在心头，隔了很久后再次看到这段话，我甚至能想到他当天穿的什么衣服，一个人在异乡的餐厅点了什么东西吃，在这座夜幕下的城市里，可能如我这样独自看着窗外想把自己隐藏起来。

在很长的一段时间里，我们都需要面对独自旅行这件事情，因为太过频繁以至家里有一个抽屉常备着要去旅行的一些生活用品。

有一天闲来无事想把这个抽屉整理一下，我看到里面有书、笔记本、各种药、归类的交通卡和外币等，忽然间我想到一件事，是不是应该为这个不大不小的抽屉留下一封信？信的内容其实早已在心中酝酿好，除了感谢亲朋好友以及要大家不要难过之外，还有一些我的密码，从银行到信箱，甚至在想那些各大酒店航空公司的信息是不是也要写上去。

我们害怕死亡吗？没有人不害怕，可我们更害怕糊里糊涂地过了一辈子，害怕到老了还没有和喜欢过的人表白，害怕因为家庭和小孩不能去任何想去的地方，害怕父母等不到你结婚生子，害怕工作一事无成，下半生生活潦倒，我们因为害怕而害怕地生活，于是这些林林总总的害怕一个个又变成了内心孤独的领地。

总是习惯搭乘早班机去往一座又一座熟悉又陌生的城市，买一杯美式咖啡，戴着耳机听一些可有可无的音乐，航班晚点两个小时以内都不算离谱，超过十个小时的长途飞行会尽可能购买商务舱。

可是哪怕你再怎么预计旅途的安全性，路途上总会有波折和危险，有时在漫长的飞行后还要继续转车转船。有半个月我独自一人在非洲的度假胜地塞舌尔，蓝天、白云和大海，一切美到不像真的，每天早起跟着六善酒店的工作人员去山间徒步，爬到山顶吃路上采摘的果子，看着远处慢慢要爬出来的太阳，晚上独自在房间播着音乐写作，偶尔喝一点酒，有时候喝到微醺便直接睡过去，这样的日子你可以说是幸福快乐的，很多人就是这样避开人世间的喧嚣。工作生活在世界的某一处，如果你不长途跋涉亲自去看看，也许一辈子都不知道生命其实可以有很多不同的活法，或者闪亮或者消极，所有的一切都是孤独的一种。

我享受这样的孤独吗？这是我最近十年被问到最多的问题，

那天晚餐的时候遇到一个香港的女孩子，因为热爱旅行，已经离开自己的家接近十年的时间，在每一家酒店工作半年多然后去往另外一座城市。我不曾问她为何喜这样流浪般的生活，只是想每个人都应该是有故事的，我的故事呢？在过去的五年时光里已经写成了三本书，或者这更像是一种习惯，习惯享受着孤独的旅途和过程。

三年前，从一家打拼了十年的杂志社辞职了，我瞒了父母很长一段时间，甚至那年的春节我依旧像没事人一样带着他们去国外旅行。我害怕他们因为我生活的变故而担惊受怕，害怕他们因为我一直未婚，担心我无人照顾而孤独终老。那次旅行是父母离异后，我们一家三口第一次一起出游。我们并不是那种敞开心扉无事不谈的家庭，我和父母在某些方面很像，遇到大事情通常都甚为冷静，今年我买了一份新的医疗保险，受益人写的是父亲的名字，因为想到如果真的遇到了什么事情，也许父亲总是会比母亲多一些承受力可以面对这一切。三十而立之后，会越来越多地为未来考虑。

只是在我内心里一直觉得，人最终都是孤独的，如何平衡和分担这样的孤独是一门学问。母亲几年前从家里的梯子上摔下来，急得不行的我赶回家发现她独自躺在床上，都说"养儿防老"在很多时候并没有太大的意义，很多如我一样少年离家的人回到故土，一切早已十分陌生，母亲一个人生活在故乡小城，而我什么也做不了。

那么多孤独的漫漫长夜，她都是如何度过的呢？

许许多多的陌生人走进过我们的生命，也许和你恋爱过，也许和你的工作生活交集过，大浪淘沙，有些人最终变成了朋友，有些人则成了路人。

有一日在小酒吧遇到曾经短暂交往、相爱、生活的一个人，记得也是这样一个炎热的夏天，我们住在上海华山路的蔡元培故居的一间小房子里，不大的房间里有一个小阳台对着小树林，在早已经废弃的壁炉旁放了一幅画，壁炉上面摆满了 CD 和我平日喝的酒。两个人交往一个月就住在了一起，虽然我始终还未准备好和人同居这件事，但内心又渴求有个人一起生活。

深夜里我们会在院子里跑步。夏天快结束的时候，整个院子里弥漫着桂花的甜香，飘浮在皎洁的月光里。偶尔去路边的大排档买烧烤啤酒带回家，稍微有点钱总要去好的餐厅吃一顿。平淡的感情说不出到底哪里出了问题，只是有一天忽然连接吻都不愿意的时候，我想是时候该结束了。

也是这样的一个炎热的夏天，我们在街头抱着哭到撕心裂肺说"分手"。时光如此悄无声息地滑过七年，回不去的两个人多年后在酒吧相遇，我点了酒和一些食物，嘘寒问暖十分钟后，聊的只有过去那些记忆里共同的朋友。其实谁没了谁依然可以生活下去，就像是我们固执地认为天一变冷再坚强的人都会觉得寂寞。

半小时后我觉得场面实在尴尬，于是找了个理由赶紧买单离去。

那些人，那些事，还是留在记忆里吧。爱过，就好。

每次遇到读者或者朋友聊起我过往的书，那些故事里曾经出现的人到底是真是假？我都会告诉他，只要你相信那其中有过的真挚的感情就够了。有些故事，当你真的知道了结局未必会是一件快乐的事情。

一段情感结束很多人都会觉得筋疲力尽，同时也义无反顾地开始新的生活，选择独自去任何地方旅行，努力地想要忘记是在哪里如何告别。说来有些自私，我们都不过是希望通过一种方式来重获温暖，心照不宣周而复始。

孤独的人不远行，其实是希望你找到相爱的人一起上路，毕竟谁也不会一直孤独下去。

毕竟，我们都是爱着的。

阿 Sam

2017 年 9 月 11 日 于普吉岛

孤独也是一座围城

阿 Sam 找我给他的新书写序，他说随便写点什么吧，书是关于孤独、旅行和爱的。坐在桌前良久，眼前突然浮现出了那晚的场景。

前几年的新年我都是在墨西哥坎昆度过的，倒不是特别喜欢这个美国人的"春假"派对之地，而是把它作为我继续飞往南美的中转站。坎昆酒店热闹非凡，不是吵闹的全家人就是热恋中的情侣，度假村习惯性地在情侣门口挂上特别装饰，写着：他们在度蜜月，或是他们在周年庆。我的门口自然光秃秃的什么都没有，带我入住的服务员还好奇地问："你真的是一个人吗？"

是的，我是一个人。沙滩上嬉戏的，露天电影中蜷缩在一起的，或是一起干杯的情侣都越发提醒着我的孤独。在很多时候，孑然一人并不代表孤独，而在那个密集展示浪漫的墨西哥海边，每天我只有在晚餐时把自己灌醉似乎才能开心一些。晚餐时旁边一桌情侣和父母看起来格外美好，情侣长相姣好，举止谈吐到位，让我看得更加羡慕……

之后一晚在酒吧恰巧碰到其中一个，他可能有些喝醉了就随便跟身旁的我聊起来。聊着聊着我才发现他们说他们的关系早已名存实亡，爱，甚至感情都已不在了……事情永远不像表面看的那样，我惊诧于真相的同时，也在那晚对孤独有了更多体会和认识。

孤独和关系相对，也相似。孤独也是一座围城，城外的人想进去，城里的人想出来。而恐怕那晚餐厅中最孤独的并不是看似形单影只的我，而是需要佯装甜蜜亲切的他。我体验到的寂寞也只不过如坎昆金光闪闪的酒店一样不真实，只是旅行记忆中的海市蜃楼。

离开坎昆的我，还是一个人，但我开始更加坦然、自信地接受孤独，并且更享受一人远行的状态。你呢？

《悦游 Traveler》编辑总监　孙赛赛

独自一人也能出发、凭栏和远行

　　我和阿 Sam 算是认识，但我们没见过面。通过他干净利落又饱含情感的文字，我阅读到孤独。自己的，他人的，这个世界送给旅行者的一份礼物和考验。

　　所以收到阿 Sam《孤独远行》的书稿，最先触动我的就是"孤独"这两个字。

　　我对孤独这个词，和它所能布置的场景太熟悉了。躺在非洲草原上凝视着灿烂的星空；在地中海最深的蔚蓝中潜泳；我坐在咖啡馆里和外面的忙碌场景分裂成两个世界；被一群群的陌生人所包围着；在机场、火车站或巴士站之间移动，由一个尚未熟悉的目的地赶赴下一个陌生的地方。有时候我一个人，有时候我和朋友。我喜欢和好朋友们旅行，但我总会安排一点时间给自己，做想做的事，不让朋友跟着。对自由的渴望，不就是孤独的源头？我不害怕孤独，当你真正感受到孤独的时候，就是面对自己的时刻，在纷扰喧嚣的世界里，有孤独的片刻，会把自己看得更清楚，原来一切不是想象中的那么可怕。

　　孤独和寂寞不同，过去在 Lonely Planet 工作，我们得为 Lonely Planet 想一个贴切的翻译。台湾译为"寂寞星球"，但大陆则采用了"孤独星球"。台湾的翻译其实更准确，因为 Lonely 其实就是寂寞，而 Alone 才是孤独的意思。I am alone but I am not lonely（我独自一人但我不寂寞）。我们后来选择用孤独而非寂寞，或许更接近这套指南所推崇的旅行真谛和生命的本质吧。

没有人是一座孤岛，400 年前一个英国诗人说过。我们能由不同的角度来解读这句话，但我想作者会写出这样的一句话，不就在反驳"本质上，人都是孤独的"这一被无神论者所信奉的真理吗？而如果需要用力去反驳和强调，不就证明那恰恰也是一些人的信仰吗？

孤独，并不悲观。一个从没有感受过孤独的人，要不是他太幸运了，生活完美如童话故事，要不就是他太相信鸡汤文，在失意和寂寞的时候，强迫自己灌下去，不给自己面对自己的机会。孤独并不可耻，可耻的或许是过于努力摆脱孤独，而让自己陷入另外一种寂寞里。战胜孤独，并不意味着就不孤独了，而是学会了如何和孤独相处，所以独自一人也能出发、凭栏和远行。

旅行作家　叶孝忠

孤独远行

Wandering

Out of

Loneliness

目录

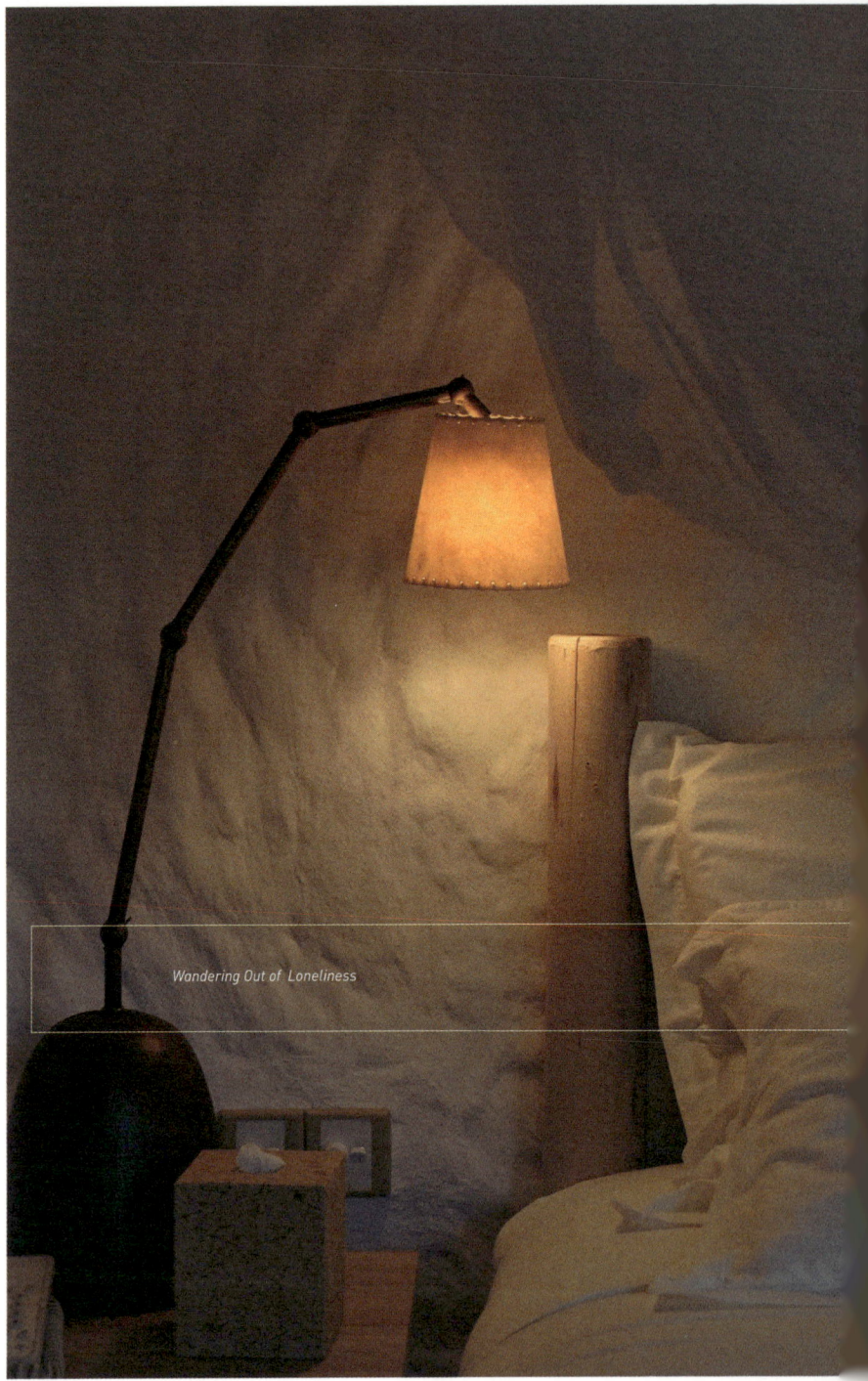
Wandering Out of Loneliness

Chapter 1
趁夜幕未降临

Make Glad the Day

Chapter 2
年岁总相异

Yesterday May
Never Be Like Tomorrow

那些对爱无关紧要的事 II

Chapter 3
梦影在游荡

Shadows of the Dream

那些对爱无关紧要的事 III

Chapter 4
你敢否与世隔绝

To Live Alone

那些对爱无关紧要的事Ⅳ

C O N T E N T S

Chapter 5
温热如故的痴心

The Heart Which Yet is Warm

那些对爱无关紧要的事 V

孤独远行

Wandering

Out of

Loneliness

永远做不到那么决绝。

你以为你能狠下心断掉与过去的一切关系，

但总有些事情会提醒着你，

让你想去看一看那个人，现在过得好不好。

Chapter 1

趁夜幕未降临

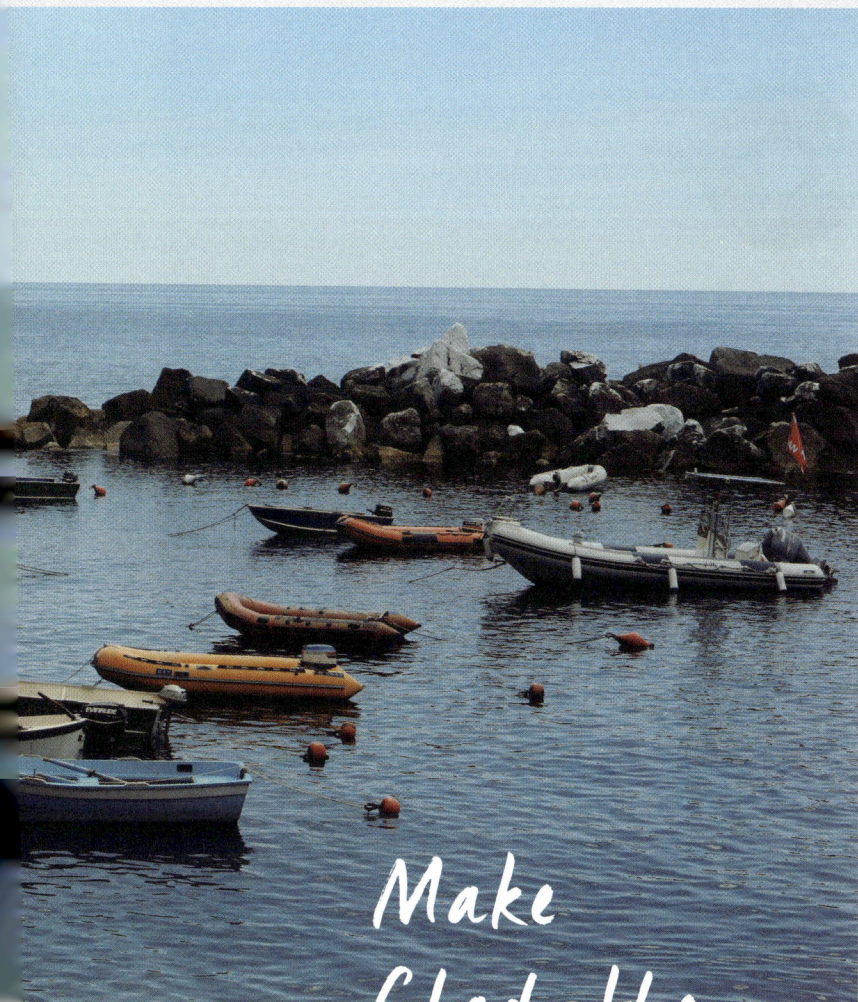

Make
Glad the
Day

Wandering Out of Loneliness

我看见有些人
孤独得很明显

孤独的人，不远行。

曾经有一个朋友，几年前和我一起去过一次尼泊尔，在之后的时间里，他却消失了。总觉得今时今日怎么还会有人消失呢？微博、QQ、微信和朋友圈，Instagram 和 Facebook，总会有一个社交软件能够找到你想找到的人吧？

但是，我这个朋友就这样凭空消失在我的生活之中了。我翻遍了他所有的社交媒体，用我们所有共同朋友的账号看他的朋友圈，都无法获得他最新的消息。虽然如此，我好像不太奇怪也不惊讶于他的这个选择，也懒得接着去找寻他的信息。作为一个典型的天秤座，我的朋友多不是什么稀奇的事情，但在和朋友嘻嘻哈哈之后，我总是觉得世界偶尔会和自己一样，有着某种孤独感。或者说，朋友多只是一种表象，在内心深处，我们终究是一个很容易就孤独的人，把自己丢在世界的某个角落一个人演内心戏，演完就好了，不需要观众不需要听众，从某种角度来说，比起天蝎座、处女座，天秤座的人或许更可怕。

曾经爱过一个人，后来因为各种原因没有走到一起，最后一次分手之后，我删除了所有关于这人的微博微信，甚至我们有共同交集的朋友。但你以为你删除了这些，这个人就会从这个世界上凭空消失吗？其实并不会。那个人的气味，用过的香水，和你吃过的早餐，一起买过咖啡的小店，它们都在，你无法让这些东西也消失在自己的生活之中。而更多时候，我们对这些爱过的一切，却更无能为力。

后来，某年某月的某天，我又很贱地想去看看那个人过得怎么样，虽然两个人早已经没有交集，再也无须见面，更不会再在一起，起码脑子里是这么想的，但那一天，我突然发现爱是一个很难消失的东西，无论是爱情还是友情，都是如此。

所以至少对我而言，永远做不到那么决绝。你以为你能狠下心断掉与过去的一切关系，但总有些事情会提醒着你，让你想去看一看那个人，现在过得好不好。

但我那位朋友不是。在我的印象中，他是那种乐观开朗的狮子座，今天才为什么事情吵架，明天就懒得和你生气了，完全不会有隔夜仇。想起那一年一起去尼泊尔，两个人算是很好的旅伴，我爱喝酒他偶尔也会陪着喝上一两杯，寒冷的夜里我俩去赶前往博卡拉的车，拉起衣领在黑夜里一前一后地行走，一起看过夕阳，也遇到过颠簸得让你感觉快要发生空难的小飞机，一段旅途下来，谈不上出生入死，至少也是共患难过的兄弟。可是一个人就这么凭空在你的世界里消失，要么是他突然开始讨厌你，要么就是他想要自己好好待着，享受这个时刻的孤独。

我觉得他应该是后者。有天晚上在家打扫清洁，想到吸尘器还是这个朋友几年前在我生日的时候送的，小小的白色的松下手持吸尘器，他说我家小，打扫起来简单。我一直是个很念旧的人，念旧的好处是别人说你很温暖，坏处则是家里有一堆这种朋友们过去所送的东西，永远不会丢弃。不过也好，起码每一个物件都有一份记忆存在那里。

之后我搬了家，换了一套大房子，也换了更好用的吸尘器，但这个小小的手持吸尘器我一直带着，总觉得虽然断了联系，但它是我和这个朋友之间唯一可以记忆起来的东西，人对一个物件的留恋，最终还是归结到人。

这个朋友是东北人，包得一手好吃的饺子，我嘴馋，不止一次邀请他来我家包饺子，大部分的时候会有几个朋友一起过来。每一次他都会包很多，然后全部冻在冰箱里，我包的饺子都是歪七竖八的没有什么饺子样，反而更像是小笼包，然后他会特地把我的饺子装在一起，一起丢入冰箱，有时候够我吃上几个月。食物，也是维系情感的方式之一。

而如今，他就好像是上海的这场冬雨，早就消失在茫茫人海之中，无从查找无从求证他现在过得好不好，澳大利亚的 Leo 打电话给我，问他去了哪里，已经几个月没有了消息，我说我也不知道，也许就在世界某个地方好好待着吧。

生命里总会有一些消失的朋友，一起喝酒的，一起旅行的，一起工作过的，因为各种原因，你们很少联络，慢慢地就淡出了彼此的朋友圈，有些甚至连名字都想不起来。而我这位朋友不一样，在相处的鼎盛时期，他也是单独和我来往，不和我所有的朋友建立友谊关系，吃饭喝酒都是单独，很少提及自己的感情，偶尔提及自己的性生活，故事简单到像是去路边买一瓶水一样自然、独立却缺乏安全感。

不过他也的确有着这样的魅力，一米七九的个头，留着短发，有着浓厚的眉毛，皮肤黝黑，眼角很深。母亲过世后留了少许钱给他，一直不用工作也懒得工作，做一些投资养活自己。也可能是不工作太久了，进入社会反而有些陌生，这样的生活在外人看来或许难以理解，事实上却十分单纯。

在这世间的我们已经没留下多少单纯的事了，回头来看，他的生活其实就像是线条一般，清晰明了。

还有一次长途旅行，在异乡的小旅馆，我抽着烟，端着一杯酒，看着城市远方即将落下去的日头，我问他："你孤独吗？"

他笑着摇摇头，说："你喝多了，神经病。"我就那样傻笑着看着夕阳把整座城市染成了红色。写作的人说话可能比较夸张，可是每一个人的灵魂里，不都藏着一个叫作"孤独"的小小人吗？

并不是每个人都愿意让你看到他的孤独，我的这位朋友的孤独，就是我无法触及的。

那个夏天快要结束的时候，他删除了所有人的微信，退出微博，换了手机号码，在这个世界上彻底消失。身边有一些朋友试图去找他的消息，我则从来没有。尽管难过，但是我理解他这种方式，我也接受他的选择，生命总是用来消耗的，不管用什么样的方式，起码他应该还活着。

又过了一个夏天，我终于试着再去加他的微信，当时刚好是我第三本书《不过，一场生活》发售的日子，没想到他一下子通过了我。

他说自己病了，还是很严重的病，以为自己将要这么安静地死去。我在微信里大骂："你放屁！死也要风光大葬啊！"

虽然我最后那句话是在开玩笑，可那一刻，我的内心还是很难过。

他依然过着单线条的生活，基本上不会参加超过两个人的聚会。有一天他约着我去吃午餐，闲来无事我说不如去看电影，那段时间正好《滚蛋吧！肿瘤君》在上映，我还傻着问他，这是一个对抗肿瘤的故事吗？

因为临时买的票，已经没有在一起的位置了。我们就那么一前一后地坐在电影院里，好几个片段我都一个人坐在那里抹着眼泪，现场更是很多人几乎要哭失声，电影散场时，他突然变得好安静，然后笑着说了句："后面连着有几波催泪弹，有点厉害哦！"

我笑着问："你之前得了什么肿瘤，不会是一样的吧？！"

就在那一瞬间我突然意识到，我是约了一个得过肿瘤，并把所有朋友的联系方式删除、带了所有的钱用自己蹩脚的英文一个人去澳大利亚做化疗的好朋友一起看电影，那样苦难的过程，相信只有他自己才能明白，而我，不过是他生活中的一个旁观者。

很多情节，我们以为只在电影里，而一旦在生活中有了原型，我们就会脆弱无比。说好的健康呢？说好的不加班呢？说好的梦想呢？在日复一日的上下班中，在无尽的岁月里，那些梦想都慢慢磨灭了。

出了新书，跑了半个中国，有朋友总觉得我一年到头在外面，好像早习惯了这样的生活。当飞机颠簸到快要使我哭出来，当半夜醒在陌生的城市里，我也在想，身边的好朋友们现在都在干吗，他们会不会也像我这样奔波地生活着？

每次母亲打电话，最后都不忘叮嘱要我看看有没有合适的可以买的房子，对于我生活的上海那高昂的房价，她无能为力，我不会也不可能要他们存了半辈子的微薄存款来作为补给。对她而言，买一套房子，是生存的基本，而我们生活里有很多无能为力的事情。

也在这个时候，另一个好朋友忙着要把曾经买的房子卖了，换一套上海的大房子，然后生个小孩子等。我一不炒股，二没买房子，所以只要在聚会时遇到有朋友谈论以上问题，都只在一边听着，感觉与自己无关，每个人都有每个人的人生。

但偶尔，我会想问一下，你真的思考过自己的人生吗？我们为什么而活着？你还有什么梦想？我想那许多曾让人痛哭的电影，要表达的人生困惑，不外乎这么几个问题。

看过《滚蛋吧！肿瘤君》的第二天，我问了另外一个朋友这个问题，问他有什么梦想吗？

他说找个爱人，有一套房子，不过现在都有了，于是就没梦想了。我说："那你的人生难道不无聊？"

"我的梦想还很多呢！去一次冰岛，再买套房子，开个小店，学画画……"有梦想的人生是不是会快乐一些？起码有一个努力的理由。

当有一天，我们停止了梦想，是不是连梦都不会做了。

而在这漫长的人生中，我们又为什么会悲伤？

三毛说："人之所以悲伤，是因为我们留不住岁月；而更无法面对的是有一日青春，就这样消逝过去。"

在我三十年的成长经历中，看到了太多别人的悲伤，而我多半也只是一个旁观者，不在现场，麻木地生活在此。我转着和他们相关的帖子，然后我的生命继续，我在某一天早上醒来，发现自己很像一个某一部分有残疾的人，我到底有没有能力去抚平哪怕一点点悲伤？

所有的悲伤都是来自内心的孤独，很多时候我们无能为力，还好，有阅读，有电影，有真正感动我们的事情每天在发生着，传达多一些正能量给朋友总归是好的。

不管生活怎么样，都要为自己活一次，哪怕失败也没关系，起码不会后悔。

像熊顿说的："死，只是一个结果，重要的是我们要怎么活着。"

而最后，你问过自己孤独吗？

我看见有些人孤独得很明显。

红馆时光

　　你和谁一起看过演唱会呢？那个曾经陪着你看演唱会的人，如今是否还在身边？你为喜欢的歌手做过最疯狂的事情是什么？

　　想起来，我并没有看过太多演唱会，大大小小加起来最多也不过十五场，那些喜欢的音乐人可能早已被年轻的朋友忘记。可是那些熟悉的旋律陪伴着我走过了很长一段路。30 岁后，我的手机里还是这些老歌。

　　2006 年，我在香港红磡体育馆看过一场无与伦比的演唱会，那是我第一次去香港，大学刚毕业，对这座城市充满了好奇。

那时的香港，还是在邵氏电影、TVB 电视剧和无数磁带、CD 里见过的香港。对一座城市产生情感除了爱上住在这座城里的一个人，更多的是源自电影、音乐和书本中所描绘的都市生活。

电影《罗曼蒂克消亡史》里讲述了很多人因为历史原因举家迁徙到这里，一切都要重新开始，在这座城市并不太容易，采访那个喜欢的艺人，他说："小时候家境不富足，但是很开心，那种开心是现在寻不到的，像是这座城市，大家都忙着工作，谈恋爱都像吃快餐一样，早已经忘了开心地笑是什么样子。"

我站在午夜铜锣湾的 D5 出口，看到了一场美丽的"城市烟花"，霓虹流彩，处处繁华，烟花虽短却格外美丽。想起从前带着酒慢慢搭车去山顶，吹着山风喝着酒的日子，真是一去不复返。

大量的游客拥入，曾经悠闲的街道变得拥挤，城市在改变，我们也在改变，生活在这里的人也同样改变着。

还记得铜锣湾一家二楼的阿麦书坊吗？那家小小的独立书店鲜有游客问津，拐过一条街，要很仔细才能从众多的商铺里找到它小小的招牌。Micky 在这里送了一张苏打绿的唱片给我。

时光滑过了十一年，我已经记不清多少次降落、起飞，来过这座城市。

住在铜锣湾的少年已经同我一样正缓缓老去，他离开了香港搬往上海工作，接下来还要去西安。他像是一只飞鸟，停不下来。想了想，其实我们不都是飞鸟吗？

十一年后，依旧是红磡体育馆，看了他最后一场演唱会。

整个场子灯火通明，像是十一年前我在铜锣湾看过的霓虹闪烁。最后我哭了，泪水从心里往外流，带着时光的印记慢慢地湿润了我的脸。

我们可以没有情感吗？

当然不可以。只是人越成长，越会伪装着遇事处变不惊。偶尔，这淡定中总透露出一丝丝的可怕和悲凉。

那个曾经陪着我一起去追星的王羽西已经在生活里消失。

我们喝过一场没有醉的酒，看了一场等待了十一年的演唱会。

还好我们都记得，还好我们都爱过。

有狗狗陪伴的
好日子

我有一只拉布拉多狗，因为毛发颜色长得像稻田里的大麦，于是它的名字便叫"大麦"。狗的名字有些随意，毕竟好记且它自己可以辨别即可。也许在狗的生命里名字只是一个符号，并不知道那个名字有何特别的意义。

不知道是不是因为我属狗，所以从小就对狗有一种特殊的情感。也许你会问我狗狗和猫咪的区别在哪里，我想是亲密感和眼神传达的内容不一样。猫咪大部分比较独立，而狗狗对于主人的依赖尤为明显。它们常常会看透主人其实很需要陪伴，这是不养宠物的人完全无法理解的小秘密。

　　狗的眼神看起来总是可怜兮兮的，所以刚开始养狗的很长一段时间里我都不太敢和它们直视。虽然它们不会说话，可是眼神之中都在传达着它们的思想，也许是带着思考，也许只是单纯看着你。

　　羡慕狗的生活，你可能会说人难道活得连狗都不如吗？太可笑了！

　　有时候，我们确实活得比狗狗累很多。狗的世界里除了吃喝睡、出去玩之外，它一生最关注的事情就是主人在哪里，什么时候回家，什么时候陪着它玩。

　　我们养它们，但是很多时候并没有真的与它们相伴。

　　读书的时候，在路上捡过一只流浪狗，现在连它的名字都不太记得了。当时我家住在四楼，怕家人责备，我偷偷把它带去了天台，专门在那里给小狗搭了一个小窝。

　　流浪狗似乎都是带着宿命感的，或者说对这个世界缺乏信任。我每天从家里偷一点吃的带到天台上喂它，它总是怯生生地听我的脚步声，直到真正看到我才会撒欢地跑过来。这样大概秘密地过了两周，有一天放学回家发现它不见了，只剩下空空的小窝，我大哭了一场。

　　直到现在我也不知道到底是家人放走了它，还是它悄悄逃跑了。也许我们的缘分就到这里吧。

爱干净的母亲不太喜欢养宠物，尽管作为独生子的我一直觉得宠物是一种陪伴，但母亲还是不同意，现在想来这种陪伴更像是对于孤独最好的诠释。

在以前的书里写过大麦，有着健壮的身体，活泼开朗也偶尔忧郁，时常爱叹气，也许每只狗都有这一面，只是我不太理解狗叹的这口气是为何？

刚辞职的一段时间，我难得每天都待在家，于是有了很多时间和大麦相处。我去洗手间它就跑到门口趴在地上，我去阳台晒衣服，它就跟着我蹲在阳台上。大部分的时候我们都在一起，我想这段时间是最好的陪伴了。

拉布拉多看不了家，属于"人来就是客"的狗，所以无论是谁到访我家，大麦都会代替主人亲切地迎上去。也曾帮它找过老婆，结果交配了几天都失败，最终还是一只单身狗。

某个夏日的午后，我吃了午饭点了柠檬草精油，然后靠在沙发上看书，大麦耷拉着脑袋趴在地板上看着我，喜欢这样的日子，因为觉得很慢。

没一会儿我睡着了，醒来的时候发现它也跑到了沙发上，靠在我身边一起睡去。

抱了抱它，摸着它的毛想着，这样的时光真的是好，也许有一天它离开我了，我肯定会很难过，这样想着抱着就又睡去了。我想这就是陪伴吧，没有啰里吧唆的生活琐碎，只关心你是不是真的在身边，比起很多人类的感情，这样的情感更简单和直接。

早上收到狗厂发来的短信，说接大麦寄养还需要签单独的合同：老年（7岁以上）协议，请签两份，一份自己保存。

我上网搜索了一下拉布拉多的寿命，显示出来是 8 ~ 12 岁，如果按照大麦现在 7 岁来算，它的每一天都应该在接近死亡，就像是一个人被下了癌症判决书。还好狗不识字也不知道死亡意味着什么，它快乐地跳上狗厂的车，欢天喜地去寄养。

寄养的狗厂不便宜，广告写得直接明了——狗的香格里拉酒店。讲真，狗是很懂得察言观色的。家附近有一家宠物店，每两周会送它去洗澡，每一次都是拖着上了车，不情不愿，从它的眼神可以看出来并不爱去那里，在宠物店受了虐待？空间太小了？无从得知。可是狗的香格里拉酒店来接它，它简直像回家过年一样高兴。

大麦 5 岁时，它的生活里多了一个朋友：面包。

面包是一只咖啡色的柴犬，柴犬妈妈生了一窝小狗，主人已经养了两只无法照顾太多，大部分都已经卖了出去，而面包排行老四，是最小的那只，被剩到了最后。

接面包回家的那一天，大麦没什么特别的反应。它似乎只是觉得房间里多了一个生命，但到底是谁，在干吗，并不得要领。

拉布拉多有一种大无畏的心境，说白了更像是傻大姐，只要主人开心，每天有吃有睡就万事大吉。可眼看着柴犬面包慢慢长大，它突然觉得自己的地位受到了威胁，隐约察觉出原来只属于自己的爱被另外一只狗分出去了，于是大打出手。

有一段时间里，两只狗打架打到耳朵都咬破。你本以为它们可能从此分裂，老死不相往来了，甚至开始盘算是不是要把它们彻底分开。谁知它们晚上又抱在一起睡了过去，真是令人无法理解的狗的友谊。在我看来，大麦和面包之间更像是一种相依为命吧。

父亲特地找我谈话，要我以后不要再养狗了，因为一定会经历生离死别的过程。我无法想象大麦的死亡，可必须要面对，因为连我们自己都会有那一天，怎么可能不去面对这样的告别。

珍惜当下，我想这是连狗狗都知道的事情。我们更应该珍惜生活本身，因为时光总是转瞬即逝。

那些以为
忘记的爱情

深夜的高跟鞋

第一次见到她是在喧闹的酒吧里。

这家北欧风格的酒吧开在复兴路的一个街角，门口有一个烧烤摊子，如果不注意几乎会忽略这家酒吧的存在。深夜时分，很多从酒吧里出来的人在这里继续吃着烧烤喝啤酒。不远处，便利店的门似乎永远不会关上。你怀疑这座城市的人都是不用睡觉的。

上海从来都不缺派对，只要你愿意，每个周末都能收到各种大大小小的邀请函，从时装派对到餐厅开幕、朋友生日……你乐此不疲地为这些派对置办好看的衣服和包包，要保证每次出场都是第一次，不管有没有人在看你，有没有人在意你。这是游戏规则，一旦参与，必须遵守。

当然，前提是你还需要一份不错的工作或者足够好看的脸，还要有可以带你去这些派对的人，周而复始，一周又一周。

这城市像是进入了一个巨大的旋涡，每个人每件事情都会逐渐失去耐心。

便利店买单不能等，错过这班地铁还要五分钟不能等，发薪水不能等，谈恋爱更是不能等。

酒吧的角落里，男男女女晃着高脚杯，说着冠冕堂皇的赞美话，不远处的jazz（爵士乐）乐队唱着Ella Fitzgerald（艾拉·费兹杰拉）的歌曲，小号低沉的声音弥漫在整个酒吧里。萧萧穿着深蓝色的小套裙靠在红色丝绒沙发上独自喝着酒，Tom Ford（汤姆·福特）黑色铆钉高跟鞋挂在脚尖，鲜红的嘴唇已经印满了香槟杯，眼线比一般女孩画得更高，像只猫一样窝在那里不想动。

那双高跟鞋很特别，好像是她身体的一部分，除了她谁都不能驾驭。我不知道这算不算是对一个人好的评价。

萧萧抽便宜的中南海，穿平价快速时尚的衣服，买名牌高跟鞋和包，独爱 Dom Pérignon（唐·佩里侬）香槟。这样的女孩在上海并不少见，她们虽然收入不算太高，但对生活品质的要求却不能少。她们像是新鲜的尤物经常活跃在深夜里，独自居住，不依靠男人，懂得拿捏分寸却时常害怕孤独。

已经没有了 25 岁前"会遇到对的那个人"的幻想，于是，爱情也和生活中的其他事一样让人失去耐心。遇到对的人？这大概是一个笑话。

可无论你愿不愿意，有些事情总归是要等的。

对萧萧这样的媒体人来说，进出这样时髦的派对就像是去便利店买瓶水一般容易，倒是选择去哪一场才是值得考虑的。每到周四，办公室里的女孩们便会悄悄打听哪里的派对有明星，有什么礼物和车马费。洋气的派对都是用钱堆起来的，喝不完的香槟，看不完的帅哥和美女，每个人都像是从《了不起的盖茨比》里走出来一般。她曾经去过一个时装品牌的发布派对，晚餐只提供廉价的红葡萄酒，而且没有任何小吃，于是还不到活动派对开始，媒体人已经发飙了。是的！大部分媒体人就是这样被宠坏的，拿低薪做着上流生活的美梦，三百元的车马费十年没变过，物价却在疯长。

　　虚荣的萧萧并不像一般的媒体人那样擅长表面功夫，她爱憎分明，可膨胀的欲望面对一个月一万出头的收入总觉得捉襟见肘，生活在欲望与现实的拉扯中经常琐碎得一地鸡毛。

　　在时装周期间前往米兰、巴黎的商务舱内，看着那些背名牌包，一直叫香槟喝，拥有所有航空公司金卡的邻座，萧萧清楚地知道他们并不是商务朋友，而是和她一样赚着微薄收入的媒体人。记得有一个主编说过，穷人真的是没办法做时装编辑的，不是每个人都有这样得天独厚的家底和背景才能进入这一行。

　　十几年前，这个行业还是那么欣欣向荣、纸醉金迷，因为兴趣因为热爱，再加上一些独特的穿衣打扮品位，当然如果英文好那就更容易混进媒体圈，根本不需要有太多的工作经验，仿佛一切都可以从头开始。二十年前靠着杂志广告发财致富的人不在少数。

　　在扬州长大的萧萧一心想去大城市，北京太远了，虽然大部分的媒体都在那里。有时想想，如果当初狠下心做个北漂，也许现在已经是某杂志或者网站的主编了。

　　扬州的生活很简单，像很多发展中的中型城市一样，生活在这里的人大部分都有一份稳定的工作和稳定的薪水。每天早上起来吃顿著名的扬州早餐，在单位上班到下午五点半，回家和父母吃饭看剧刷朋友圈睡觉，拿了年终奖去东南亚旅行。如果运气好遇到一个好男人在 27 岁前嫁掉，生完孩子开始计划生活的琐碎。扬州的地理位置独特，物产丰富，很多人都不太愿意离开自己的家乡，而总有那么一些人选择离开。

这座老城里，有很多爱过她的男人，但因为她无法长久停留而最后都没有结果。于是，萧萧成了上海众多的美丽女子中的一个。

这是我在酒吧里常常会见到的，只有一面之缘的女子。因为没有太多的交集，便总是习惯地通过她的样子、衣着谈吐来分辨她的性格。即使在人海里相遇，有时也不太会记起彼此的名字，就像你每天搭乘地铁去同一个目的地，总会在同一节车厢遇到几张熟悉的面孔，却依旧擦肩而过。

黑沙滩的酒

从阿姆斯特丹飞往雷克雅未克需要三个半小时的航程，大部分的旅客都是情侣或者朋友，很少有独自前行的人。因为太想看到极光，所以愿意花多年的时间去等待这十天的极光爆发期。

　　点了酒，靠在窗户边读东野圭吾的书，假想着如果我是书里的男主角又会怎么样看待这一段人生。在空中微醺的感觉很奇妙，蒙眬中发现云朵慢慢地在身边散开，地上的山脉和湖泊像是乐高玩具一样渺小，阳光晒在身上，好像随时都能把体内的酒精蒸发掉。

　　机舱通知，还有四十分钟，飞机即将降落在雷克雅未克机场。去洗手间的时候，我第二次遇到了她，不知道这算不算缘分。

　　微笑点了点头，然后回到了座位，我在想是不是应该主动自我介绍一下，或者要不要邀约一起在冰岛旅行？

　　她会不会很难接触？很事儿？很作？一切难相处的词我都想过了，虽然脑子里只是那么一瞬还是期望与异乡只有一面之缘的人同行。

　　等行李的时候，她突然走过来拍了拍我的肩膀。

　　"Hi，林老师，您也来冰岛旅行吗？"

　　我有些诧异地看着她："是啊，来看极光，据说这周是爆发期，你呢？"

　　"我就来散散心，没有什么特别的计划。"萧萧一边收拾手中刚取到的行李一边抬起头告诉我。

　　还没等我问第二句，她又拍了拍我肩膀说："加个微信，有缘再见吧！"

是的，她就是这么酷酷的女孩子，独来独往。

杂志社越来越难混，三个月前停刊了，据说每人能获得一笔丰厚的赔偿，这里面就有萧萧。

雷克雅未克并不大，却是冰岛人最多的城市了。我找了一家位于教堂附近的民宿，房东全家都去温暖的西西里岛度假，钥匙放在了门垫下面。

典型的北欧建筑，红蓝相间的外墙，楼下种满了各种植物。喜欢有植物的房间，你可以感觉到一丝的温暖和生活气息。

拖着行李箱进到客厅，桌子上有一瓶冰岛的伏特加和欢迎信，看上去好像是去远方亲戚家度周末一般，住民宿的好处就是除了好奇主人的喜好和品味外，还可以深入了解这座城市。桌上还放着一张纸，上面列着房东喜欢的咖啡馆、餐厅和超市，推荐的卖酒的店铺，贴心又不多啰唆，刚刚好。

房间并不大，客厅的红色小沙发边上还有一台唱片机，边上放了十几张冰岛本土乐队的唱片。

洗了澡，准备出门找吃的，再把车也租下来，一个人旅行最大的好处是你无须做太多计划，只要跟着自己的心走就能享受旅途的乐趣。

特别建筑风格的雷克雅未克大教堂耸立在广场上。我爬上顶楼，雷克雅未克城尽收眼底，红色、蓝色、白色、黄色……

各种颜色的房子拼在了一起，宗教的建筑会让人内心安静下来，这和你的信仰无关，因为建筑本身已经与自然融为一体。不禁感叹建筑师的内心需要多么大的一个世界，才能够将这些房屋如此和谐地安扎在世界各地。

晚上回去喝着伏特加，打开了房东的唱片机，Olafur Arnalds（奥拉佛·阿纳尔德斯）的声音如夜莺般划破了夜空，无数的星星随着音符散落在银河里，最后消失在广阔的宇宙中。那歌声低沉婉转，像是和你说着些什么。

前一天宿醉，中午起来喝了杯咖啡打算开车到网上很流行的那架飞机残骸那里去看看。

1973 年 11 月 24 日，有一架美国海军飞机迫降在冰岛南部的黑沙滩上，整个机组成员都幸运地活了过来，可不知道是什么原因，这架飞机的残骸安静地在这里躺了几十年。

想看到它，远没有你想的那么容易，就连手机地图都很难精准定位。因为并不是景点，只是大家自发地想去看看这个残缺的美好现场而已。车要停在外面，需要步行 3 千米来到海边。

如果在城市或者山里，三千米并没多远，可在这个广阔的冰岛草原上，你几乎看不到尽头，冰冷的狂风像是随时要把你吞噬一般地猛吹向你的脸，每前进一步都很艰难。行进的途中总会看到有一些返回的游客，他们的脸上都毫无表情，不知道是因为太冷还是因为根本没有看到那架飞机。

也许，这就像是人生，虽然你并不知道未来的样子，可依旧坚持自己的想法往前走，因为没有回头路也不可能再来一次，除了走还是走，带着这样的想法，慢慢地可以看到它真实的模样。

白色的巨大机器躺在黑色的沙滩上，不远处的海边，被风刮起的水雾慢慢升到了天空又消失在眼前，你已经快要看到有几个人正在那里移动。

像是电影里的画面一般，裸露的零件和无数电线，被风化掉的钢筋埋在了地里，风吹得人睁不开眼睛，可依旧无法阻止你想要爬上飞机看看这片荒芜的世界。

除了冷还是冷，你几乎快失去温度的意识，从机尾往上，抓着残缺的飞机躯体一步步往上爬，当你站在机身上，感觉身体不像是自己的，只见飞机头有一个人坐在那里，嗯，是萧萧。

她回头看了眼我，笑着对我招手，那笑容像一个孩子，这是我们第三次见面。我在机身上举步维艰。

终于，慢慢爬到了她身边，她从包里递了一瓶酒给我。

"喝吧，暖和一点。"

我拧开盖子就往口里送，一股暖意顿时上了心头。

还来不及说谢谢，她看着远处的海边自言自语道："我爱过一个人，因为太爱了，一度迷恋死亡，所以想看看接近死亡的残骸是什么感觉。"

突然间听到这样的喃喃自语，我差点没把最后一点酒给喷出来，瞪大眼睛看着她。

不知道是风太大还是她很想哭，只见她的泪水顺着风飘散在了空中。

一个人为什么要因为另一个人而迷恋死亡，她又为什么要独自走到这么远的地方？

她说要告诉我一个故事。

林海栋

我要告诉你，生命中的每一件事情都是有光的，我们必须朝着光亮的方向去寻找，哪怕你已经在黑暗里走了太久。

夏天的山城江边总能看到无数光。夜幕来临，家家户户把灯点起来。从朝天门上索道，他带着她一路走过了几条街道，在渝中区朝天门买了票，靠在窗户边一路到了南岸区龙门皓月。

她说，这样在城市里穿行，闭上眼睛仿佛真的在飞。城市楼宇在自己的脚下慢慢变小，不远处的薄雾在月光的映照下轻柔地笼罩着山头。她说好美啊，像是做了一场梦。他看着她傻笑着。

林海栋在这里生活了十二年，虽然是在广东汕头长大，却已经可以说一口流利的重庆话，如果你不仔细听很难分辨出他是外地人。林海栋喜欢穿藏蓝色的牛仔裤和匡威球鞋，一米八的个子，留着一头短发，抹上发蜡显得油亮油亮的，修得整齐的络腮胡和一双复古黑胶般的眼睛，看上去更像是一个刚毕业的研究生。

大学毕业那年，萧萧去重庆看望这位网友。他们是在一个昆虫论坛里认识的，里面大部分的人都对外面的世界兴趣不大，觉得自己奇怪又懒得应酬，在长达两年的时间里两个人你来我往的就熟悉了起来。

那时的通信远没有现在这样发达，论坛里的私信是他们唯一的沟通方式。天秤座的海栋敏感又心细，他发现萧萧最近三天都未曾登录过论坛，就开始紧张起来。

　　大学毕业后，相约见面，萧萧从南京一路坐火车来到重庆。坐不惯夜行列车，萧萧一夜未眠，出站的时候几乎筋疲力尽。

　　林海栋手里提着稀饭和凉面，穿着白衬衫和深蓝色短裤，头上套着耳机站在出站口等萧萧。像两个熟悉的人很久未见一样。

　　萧萧说想睡一会儿，吃完东西就睡在了林海栋的沙发上。

　　林海栋靠在沙发边看着书，重庆的夏天经常下雨，连绵的小雨让整个城市都提不起精神来。

　　萧萧睁开眼睛看着眼前的这个男生，身材高挑皮肤健康，安静得像是这夏天的雨。空气中有他的味道，洗衣粉和汗水混在一起的味道，萧萧觉得安全又温暖。

　　"我们做爱吧，林海栋。"

　　林海栋吓得手上的书都掉在了地上，他有点不知所措。

　　萧萧脱掉了自己的上衣，露出洁白的胸脯，她从后面紧紧地抱住林海栋。

　　林海栋坐在地上，手慢慢地摸到了萧萧的身体，亲吻着她，像是亲吻着百合一般。

林海栋抱着萧萧一起睡在沙发上，轻轻抚摸着她的头发，然后两个人又睡了过去。

轮渡开了一半，他问萧萧想吃点什么？

"不如烤串吧，我在上海读大学的时候经常吃。"于是林海栋带她去吃烤串，在深夜的重庆小店，倒满了啤酒，说了一些和爱无关的事情。

就这样，萧萧在林海栋重庆的家里住了一个月，她像是生活在这座城市的女孩子一般，每天早上起来做早餐。林海栋在一家律师事务所实习，钱虽然不多但是也足够两个人过小日子。林海栋不止一次想告诉萧萧，就这样留下来吧，不要再离开他。

飞行

有段时间很爱林忆莲的《飞的理由》。

每一个飞行的人都有自己的理由，为爱的人、为工作、为家人，又或者为了自己的旅途。

"如果这个时候窗外有风，我就有了飞的理由……"

林海栋已经熟悉了重庆机场到上海虹桥机场的所有航班时间，打包出发，回来再次打包，频繁地往返于重庆和上海之间。

"为什么不留下来？"萧萧靠在他的肩膀上，摸着他粗壮的胳膊。

"为什么不能来重庆？我们开家小咖啡馆，这样过一辈子不是很好？"

萧萧不说话，只是沉默地靠着他。她不确定自己是爱着林海栋的身体还是他这个人，对身体迷恋的人最后注定是落寞的，像是这汹涌而来的快乐，转瞬即逝。

在萧萧眼里，林海栋是把衬衫扎在裤腰带里都好看的男生，自律、生活节俭，却愿意为她花钱。

他们在上海的华山路租了一间老房子，采光特别好，夏天的时候林海栋就光着身子靠在阳台沙发上喝咖啡抽烟看书。萧萧坐在房间里不动声色地看着他，那是她熟悉的画面，让她眷恋、不舍。

最后一次做爱，林海栋哭了，他知道一旦离开了这里，也许再也不会来了，上海终究成了他心中的一座伤城。

远距离的爱恋，谁都不愿意牺牲，最终的结局只能是分别。

年少时我们总把爱看得很重，以为会跟着心爱的人浪迹天涯，而实际上并没有太多人真的愿意为你这样。

他们也只能在人群里走散了。萧萧肯定是爱着他的，但重庆承载不了她的梦想。

秋天的一碗馄饨

十年后，萧萧已经成功在上海定居下来。像这里的每个女孩一样，她对生活充满了激情，学会了一口流利的上海话。已经很少回家，虽然扬州并不远，但值得挂念的人都已经不在这个世界上了。扬州更像是一个存放童年记忆的地方，仿佛前生。

上海才有她熟悉并热爱的生活，知道什么地方有最好喝的咖啡，吃牛排要从哪里下刀。周末偶尔自己做饭或者开车去郊外旅行，朋友不多但都是熟悉的。

照常又是周六的香槟聚会，进贤路的那家小咖啡馆她们常去，甜品和酒都是招牌，姐妹们偶尔会带着自己新交往的男生来。

May 是其中一位好朋友，在广告公司工作，香港女孩子在上海生活了十年，早就习惯了独立自主。

昏暗的灯光中一瓶瓶的香槟开了起来，大家举杯碰着笑谈生活，带来的新人是谁并不重要，反正不一定会见到第二次。

May 的身边坐着一个穿着白衬衫的男人，独自喝着苏格兰威士忌不加冰，像是一个倾听者安静地坐在那里，昏暗的灯光里他和萧萧对视了一下，恍惚之间好像有什么熟悉的味道。

萧萧不知道是因为微醺还是自己的身体在作怪，那个眼神像电流一般击中了她，熟悉又陌生，温暖又冷漠，如同一个矛盾体在她的体内蔓延。

"May，你怎么没有介绍你的新朋友啊？"萧萧站起来笑着举了举杯子。

"这是我的男朋友，我们已经在一起生活三年了，他很少出门的。"

"天啊，你金屋藏娇。"整个小咖啡馆都是姐妹们的唏嘘和羡慕声。

　　三年，是啊，原来那个曾经爱着她的人已经来到这座城市三年了，他们从来没有在任何场合相遇过。

　　十年里，萧萧一直觉得自己是可以忘掉这段青春年少的爱恋的，那座叫重庆的城市，那个江边的烧烤摊，那个坐索道的黄昏，那个有着百合味道的下午，那场猛烈的暴雨……是啊，她全部都记得。

　　派对接近尾声，萧萧喝醉了，林海栋搀扶着她送她回家，萧萧执意拒绝，大笑着说："快去照顾 May 吧，她也喝多了。"

　　有时候，她喜欢把短暂的悲伤留给坐出租车回家的二十分钟路程，抽着烟，看着这城市的灯火阑珊。

　　如果爱一个人，是不是应该爱她的全部？

　　回家后，她自己做了一碗馄饨，烧着水靠在阳台上抽烟，上海的秋天已经微凉了，丢下馄饨再捞起，撒上一点虾皮和海苔、白胡椒，安静地对着窗外的灯火吃完了。

　　可能是白胡椒放得有点多，她吃着吃着，泪流满面。

孤独行
Wandering
Out of
Loneliness

去冰岛，
做一个幸福的人

　　每年 10 月，我的生日都是在长途旅行中度过。

　　人生总是有一些旅行目的地 List（清单）在等待着自己去完成，有时候出发并没有你想象中的那么困难，最重要的是你的心到底要飘荡去哪里，和谁在一起。

　　以前在杂志社上班，虽然也经常出差旅行，但真要自己请假出去一趟也并不容易。辞职后最大的好处就是你不必算好时间请假去旅行，也无须在国庆假期后一边赶路一边不厌其烦地接电话、回复邮件，没有人在乎你在哪里，有没有时差。有时候索性把手机关掉，这世界不会因为缺少谁而发生变化，说起来这么轻松任性，我也是准备了十几年才真正做到。

很多人去冰岛的理由都是为了拍照，为了一睹那绝美的风景，但看过有一个好朋友在那里拍的照片后，我竟毫无兴趣，问题不是出在冰岛，而是和他一起去旅行的人不对。据说两个人在旅行途中闹得很不开心，回来后的结局也可想而知，因此，他所描述的冰岛之行灰暗、沉默。

而我的冰岛旅行远没有你们想的那么神圣特别，只因为一个乐团而爱上这座孤独的岛屿，想去看看那里是不是真如他们的音乐一样，孤独又美好。

如果可以，不妨找个晚上，关上灯，戴上耳机，把自己慢慢地沉浸在 Sigur Rós 的声音里。这就是我爱上冰岛的原因，像是他们的声音一般简单直接。

2006 年的盛夏，冰岛乐团 Sigur Rós 刚刚结束了长达一年的世界巡回演出，稍做休息后他们想为自己生活的冰岛做点什么，用音乐和纪录片来告诉全世界的人，他们的创作源泉到底是什么。

于是 Sigur Rós 决定在冰岛举办一系列免费演唱会，演出地点没有什么固定的地方，不售票，也没有复杂炫目的音响、灯光和舞台，于是你在纪录片里看到的演出可能是在一望无际的荒野、废弃的工厂厂房、冰川中孤独的教堂、山花烂漫的山谷，又或者是公路边……

当你沉浸在音乐中的时候，你会为之感动和惊叹，原来音乐的力量如此强大，能将你和大自然融合在一起。在大自然的面前，我们是如此渺小又不堪一击，而冰岛的美是这个复杂变化的星球之中最单纯美好的礼物。

约上志同道合的朋友一起启程，前往冰岛。

整座冰岛几乎都建在千百年的火山岩石上，没有太多可供开垦的地方，它也是世界上温泉最多的国家，贯穿其中的第一河流锡尤尔骚河全长227千米，连接着最壮观的Myvatn（米湖）自然保护区与Tingvellir（辛格韦德利），每年夏天是冰岛最好的旅行季节，有无数让你叹为观止的自然奇观。

去过世界上不少地方，而冰岛的自驾旅途绝对可以用震撼来形容，沿着海岸线一路前行似乎可以开到世界的尽头，一辈子也不会有几次这样的旅行。

第一天住在Borgarbyggð（冰岛西部地名）田野里的一栋独栋小房子，方圆十里也没有人烟，房东过来给了钥匙就走了。整栋房子充满了超级复古的英国气息，两层楼里的每个房间都能看到窗外美好的风景。好朋友木头和 Ken 住在二楼，也许是因为人烟稀少太过安静，他们第二天都有些心有余悸地跟我描述，夜里听着窗外的风吹过草原，感觉像是在恐怖电影里一般。

一到黄昏，气温便慢慢降了下来，我们站在荒芜的草原上看着太阳一点点落在金黄色的麦田里，一点点从地平线消失。

虽然经过了长途飞行和时差，我还是一夜好眠，早上起来给大家做了早餐。喜欢在旅途中买当地的食材来烹饪，早餐做得很简单，牛奶和果汁，煎鸡蛋烤面包，还煮了一份自己带来的米粉。有了烟火气的屋子更像是在家里一般温暖。

经常有人找我推荐旅行目的地和那里好吃的餐厅，熟悉我的人都知道我爱旅行但很少做攻略，甚至都不会提前查看攻略，因为在我看来，所有旅行目的地的推荐都是很个人的体验，追求循规蹈矩和既定安全，同时也缺少了探索的惊喜。

我的冰岛之行自然也是随心而走。

10 月的冰岛交替呈现着不同的颜色，黄色的草原、黑色的沙滩、蓝色的冰块、远处白色的雪山。

常听人说旅行要等自己存够了钱，要等小朋友都长大了，可在我看来什么时间出发都不晚。同行的旅伴 Ivy 在我第一本书里就出现过，这次来冰岛还怀着三个月身孕，不知道肚子里的小宝宝是不是能够一起感受冰岛的美好呢？

旅途从来不争朝夕，于是应验了那句"眼前才是最好的"。一日在山谷里因为导航出问题走错了路，我们索性就沿着小路漫无目的地开了下去。前一个小时大家还为看不到人烟的幽静路况惊喜，哪知车子翻过了一个又一个水坑，走到第三个大如河流一般的水坑前才傻了眼。因为车上有孕妇，所以大家都不敢冒失前进，纷纷下车去试探水坑的水到底有多深。丢了石头进去感觉深不见底，顺着河流下去则是瀑布，此时真是进退维谷，往回开油不够，往前开怕翻车。

最后大家一致决定要试着慢慢过河，将越野车的轮胎升高缓缓向前行驶。车内的人都敛声屏气，我只能听到大家小心呼吸的声音，5 米，4 米，1 米，下水了……

慢慢地，水已经淹没整个轮胎，感觉要到车门附近了。开车的是 Ivy 的老公，我不知道当时他脑子里在想什么，是不是还有 Plan B（第二计划）可以选择，也许我们的人生有时并没有所谓 Plan B 这回事。

终于，我们跨过了河道，车内都欢呼了起来，Ivy 甚至都激动地流出了泪水，比起沿途的风景，这样的经历才是最值得和你分享的，因为共同经历，更加珍惜这路途上的美好。

住进山里当然是为了追寻那神奇的极光。晚上八点，气温已经降到零下五摄氏度，还伴随着大风，天空中开始慢慢划出一点点绿色，微弱但也足够美好。外面太冷了，大家坚持了半小时就回到房间。突然一个朋友提议说要不要一起出去拍张带极光的合影，也算是到此一游了。

皓子正在调整三脚架，我们站在寒风里等待，就在这短短的几分钟里，巨大的极光美景降临了，我们欢呼起来，像孩子一般大喊皓子的名字，要他回头！回头！

天空被绿色的极光划破，极光快速地在空中变换着，一直延续到另外的山头，繁星点点，我们站在巨大的极光幕布下，像是在看巨型的 LED 灯光秀，空中似有音乐传来。如果说人生非要因为大自然的美好而感动，我想此时此刻，你一定会同我一样流下激动的泪水。绿色、黄色和红色交替呈现，在头顶变换旋转，你无法触摸也不能用相机完全捕捉，所有的美好转瞬即逝，如同梦境。

旅行感动我们的何止这些？日日夜夜的公路行走，漫长枯燥的高空飞行都已经无法解释为什么我们要去看看这个世界。

在 Jökulsárlón（杰古沙龙）千年冰河湖，看蓝色的冰川沿着海面漂向远方，听得到冰块融化和海豹翻腾的声音，也许这些沉睡了千年的冰川也发觉了自己的美丽和孤独。有些冰块随着海浪散落在黑沙滩里，是只有在外星人电影里才会出现的场景。站在电影《普罗米修斯》取过景的巨大瀑布前，你才知道原来自己也不过是这自然万物间的一粒沙、一滴水。惊涛骇浪冲出水面滚落到几百米落差的峡谷之中，经过阳光的渲染扯出一道彩虹，此时此景怎还需要言语的形容。归途的车里，我恋恋不舍地看到夕阳染红了整个冰川湖。

这只是冰岛旅途的一部分，因为感动了我，所以讲述给你，如果你现在已经在路上了，希望你一切平安，如果你还未出发，现在就计划起来吧。

因为，无论什么时候都不会晚。

在路上，做一个幸福的人！

孤独远行

Wandering

Out of

Loneliness

I

那些对爱无关紧要的事

1

想起某年深夜并肩走在初秋的夜色里，

你说买束花吧，今天是七夕。

我默默地把这件微不足道的事情写在了笔记本里。

有时候我们总以为恋爱应该是轰轰烈烈的、不顾一切的，

事实上总是那些微不足道的小事情被记在了心底，

那些和爱有关，

但看起来却无关紧要的小事才是爱情吧。

054

Fresh spring rolls 7.00
Fried spring rolls 7.00
Tuna tartar 9.00
Asian Gaspacho 7.00
Zucchini cold soup 8.00
Green pea soup 8.00
Green salad 3.00
Mixed salad 5.00
Caesar salad 7.00
Khmer beef salad 8.00
Papaya salad 7.00
Shrimp cocktail 9.00

Tonle Sap fish filet tamarind
Sesame scallops grilled vege
Amok fish or chicken
Fried rice or noodles
Noodles soup
T   chicken
                 shrimp
Beef   ak
Honey duck breast mandarin
Chicken breast stuffed Parm
Beef filet port wine sauce
Curry pork or chicken

2 /

有天，两人心血来潮一起做饭。

我记得那天的菜是青椒肉丝，

她吃了所有的青椒，我吃完了肉丝。

3 /

你说要养条狗，这样你出差的时候它可以陪着我。

一年后我们分手了，后来你结婚又离婚，

过了很多年有一天你来看我，狗狗已经老得走不动，

趴在地板上，

它静静地看着你，你泪流满面。

Chapter 2

年岁总相异

Yesterday May
Never Be

Wandering Out of Loneliness

关于武汉的
一切

关于武汉的记忆，总是从夏天开始。

外地人对武汉夏天的想象总离不开热，对生活在此的人而言，这样的热却是赤裸裸、毫无遮拦修饰的——成年后的我不怕热，多半也是在这座城市里练就出了一身抗热体——武汉的夏天热到什么程度？如果你顶着太阳在街上走个半小时，多半就会长出大脓包。而在我小时候，长痱子就像是长湿疹一样成了家常便饭。

因为在江边生活，人们对水自然而然有着一种情感上的依赖，不知道从什么时候开始，流传着"去长江游泳可以消除痱子"这样一种说法。于是吃了晚饭，我大伯常常骑着车，载着我和家姐去长江边游泳。但我并不是在长江里学会游泳的，而是在紫阳湖公园的游泳池里。那时候去长江里游泳虽然是家常便饭，但每年淹死的小朋友也不在少数，自然总会有它残酷的一面。

那时水还没有什么污染，也不知道什么叫作雾霾。运气好，还能捕到一些美味的鱼，成为当天的下酒菜。夕阳的余晖渐渐笼罩城市，也在大江上泛起潋潋的水光，生活在江边的人们，此时上了一天班，带着全家老小来到长江边消暑。许多年后，在我离开武汉来到别的城市生活的时候，每到夏天，首先想起的，总是大伯骑车带我们去游泳，以及在江边消暑的场景。

方方曾经写过："我有时候也会问自己，跟世界上许多的城市相比，武汉并不是一个宜人之地，尤其是气候令人讨厌，那么我到底会喜欢它的什么呢？是它的历史文化，还是它的风土人情，或是它的湖光山色？其实，这些都不是，我喜欢它的理由只源于我自己的熟悉。因为，把全世界的城市都放到我的面前，我却只熟悉它。就仿佛许多的人向你走来，在无数陌生的面孔中，只有一张脸笑盈盈地对着你，向你露出你熟悉的笑意。这张脸就是武汉。"

大多数外地人不喜欢武汉的夏天，我觉得自己却和这座城市的性格很像，有些急躁，又有一些市井江湖，温情又义气。可能也因为这是一座和水有着千丝万缕关系的城市，一口长江水，是凶猛的也是温柔的，凶猛起来能够带走人的生命，温柔起来也可化作一碗最解乡愁的排骨莲藕汤。

在武汉的夏天，游完泳，也到了我一天中最爱的环节——吃饭。在哪里吃呢？不是桌子而是竹床。长大后我渐渐觉得它是一件很神奇的东西，因为天气炎热，几乎家家户户都会把竹床摆在外面纳凉，并且兼备功能性，可以在上面读书、写作业、下棋……到了饭点，一家人还可以围在竹床上吃饭，显得格外温馨，菜色如何都不再重要，邻居偶尔做了红烧肉，还会给家里的小朋友夹上一块，那肉肥到流油，心里却甜得像蜜。

我爱竹床很大一部分原因是它曾经也是我的书桌，看书写作业几乎都在这里，累了还能躺一会儿。父亲爱读名著古书，我则偏爱《红楼梦》和言情小说。吃过晚饭，悄悄拿起手电筒，躺在竹床上便看了起来。读书是一件很神奇的事情，那时我也没有看过《红楼梦》的电视剧，所以还会想象贾宝玉的穿着、样子和谈吐，让大观园在自己心中一点点变得形象起来。看累了把书往边上一丢，躺在竹床上，抬头便是满眼的星空，那是我有限的小世界，却藏不住对更大世界的想象与向往，竹床很小，星空很大。

一座城市，因为有了家人朋友，因为成长的经历，因为食物，让一切变得熟悉和令人眷恋。长大后我们总是从一座城市迁徙到另外的城市，无论你在这个世界上走得多远，记忆里总是会有乡愁跟随着，那是成长过程中流淌在血液里的，也是你无法割舍的熟悉感。

从《去，你的旅行》到《趁，此身未老》，再到《不过，一场生活》，这几年间我写了三本书，这三本书中，多少都能找到湖北、武汉这样一些标签，或许是故乡的一个小车站，又或者是母亲的一碗排骨莲藕汤，还可能是从武汉出发搭船路上一段旅途的人。写了三本书，一直到去年才第一次在武汉做新书分享会，不管你到多少城市讲过多少场，对我而言，在武汉卓尔书店那一次是我这些年来最紧张的一次登台，这种紧张源自我对这座城市的眷恋，台下坐着亲戚朋友，也坐着生活在这座城市中的人。我记得我那天聊到关于这座城市的记忆，差一点就流泪了，然后深吸口气，收了回去，因为你知道泪不能轻易流，对武汉而言，继续生活，永远才是更重要的命题。

就像池莉笔下的武汉，那也是许多人心中这座城市最直观的代言。

餐馆方便极了，就是马路边搭的一个棚子。棚子两边立着两只半人高的油桶改装的炉子，蓝色的火苗蹿出老高。一口油锅里炸着油条，油条放木排一般滚滚而来，香烟弥漫着，油焦味直冲喉咙；另一口大锅里装了大半锅沸沸的黄水，水面浮动一层更黄的泡沫，一柄长把竹篾笊篱塞了一窝油面，伸进沸水里摆了摆，提起来稍稍沥了水，然后扣进一只碗里，淋上酱油、麻油、芝麻酱、味精、胡椒粉，撒一撮葱花——热干面。武汉特产：热干面。

热干面是大部分人对这座城市最深刻的记忆，好吃不贵，但几乎没有人在家里做这个，因为在外面摊子上随便买一碗，方便又好吃。因为好吃，在武汉可以见到很多在路上边走边吃的人，一手拿着热干面，腋下还夹了一份当天的报纸，吃完就去赶公交车上班或者上学了。"过早"这个词足以表达这座城市的生活状态，因为一顿早餐，不仅仅是吃碗米粉、面条这么简单，豆腐脑、面窝油条、猪油饼子、欢喜坨、豆皮、粑粑、糊汤米酒、蛋酒……你能想到或想不到的都会在早餐中出现，并且随便在哪个小街口都可以吃到。

市井生活气最能体现这座城市温情的一面，离开武汉之

后，隔段时间我总会找出《生活秀》读一次，它让我回想起
那些真实而生动的生活，仿佛就在昨天。

爱吃是这座城市的人共同的喜好。可能你要问武汉和广
州、成都……这些美食天堂有什么区别？湖北菜没有位列八
大菜系却自成一派，因为湖泊多，所以湖北人很爱吃鱼。在
每个武汉人心中都有一条类似《生活秀》中吉庆街的地方，
而武汉这座城市，在我看来很多时候是属于夜晚的。一天忙
碌的工作结束，无外乎就是想用美食温暖自己的胃，街边的
烧烤小吃摊早早就忙碌了起来，大多数烧烤摊都有烤鱼，鱼
不大，刚好够两三个人吃，店家会在最短的时间里杀鱼并清
洗干净，然后放在烧烤网上，炭火让鱼的味道保留着木香，
撒上作料和葱花，最终起炉，鱼的鲜甜味道长久停留于齿颊，
再来上一瓶冰啤酒，这才是开启夏天的正确方式。

湖北的烧烤不像其他城市，因为吸收了新疆的风味所以
通常有大量的孜然粉，但同时也保留了自己的做法与滋味。
要尝试一个地方的烧烤好不好吃，对我而言是从凤爪开始的，
在上海吃过几次都觉得味道不对，原因在哪儿？很多地方的
凤爪烤出来很干，武汉的凤爪则是先卤过入味之后再上火
烤，一来有卤味的酱香，再则因为卤过，所以吃起来外脆内
嫩肉质酥软，曾经有一个叫作"凤爪王"的烧烤店红极一时，

因此让我养成习惯，总会用凤爪来评估一个地方的烧烤好不好吃。

　　城市是应该有味道的，就像是你眼前的这座城市，可能大街小巷都弥漫着烧烤和小龙虾的味道，也可能是梅花的味道、樱花的味道，即使不那么浓烈，也是市井人间最真实的一面。在武汉，我总爱在巷子口叫十串脆骨，多一点葱花少一点辣椒粉，然后点一个腰花煲，就着冰啤酒一起下肚，其他城市再难寻得的夜排档成了这座城市独特的夜生活。

　　除了美食的记忆，关于武汉，有一部叫《江城夏日》的电影也用影像做了另外一种诠释，是我很喜欢的一位武汉演员田沅主演的。电影中有一段在江边的戏一直让我记忆犹新，陈旧的驳船与码头，"苦力"的生活，是这座城市并不太为人所知的一面。武汉靠着江，所以一直有着埠头文化，同时带着一丝江湖气。所谓江湖气不是打打杀杀，在我看来更像是一种生意关系，朋友之间你来我往，如果你生活清苦一点我就多帮你一点，认定了就是叫"讲胃口"，那便是武汉男人。生活在这座城市里的男人们，大多爱面子又有点大男子主义，可是只要面子给够了，回到家里天天洗衣做饭都可以。

　　炎热的夏天，市井的生活，我热爱这座城市，对它却又熟悉而陌生。这些年每年看到武大樱花盛开时人山人海的实况，总会想起上学的时候，去武大看樱花就像是去家门口的公园一样简单的事，反而是照片中那些拥挤的场面让我觉得太超乎想象。武汉的文化底蕴有时会被那些过于生活化的场景掩盖，但从这座城市的高校数量便可以看出，它的文化传统与氛围，其实由来已久。那时候去武大不仅仅是因为樱花，我还喜欢跟武大的同学一起，去他们的食堂蹭吃蹭喝，吃完带一本书，在东湖边一读便是一个下午。

对一座城市的热爱最终都是因为人。去过这个世界这么多的城市，有自然环境美好的，有拥有无数历史遗迹的，也有繁华的现代都会，但你能够记住的是你在这座城市里遇到的人，像是一瓶酒，因为和对的人喝过，你会清晰地记得酒瓶的样子、单宁的味道、水果的芬芳。

生在一座城市却未曾真正拥有过它，三十多年前我在武汉江边长大，之后因为历史和各种原因迁徙到邻近的城市里生活，对我而言，武汉这座城市像是一个情结。对我父亲而言，这座城市则是一种告别，因为这里真的是他出生长大的地方，最后却被迫离开此地。

小时候去武汉，最爱到中山公园玩。记得当时还需要门票，里面有一个旋转木马和一个水上乐园，门口还有一个卖磁带的小商店，每次都会积攒好几个星期的生活费去里面偷偷买几张我所生活的小城里买不到的磁带，你会对城市的存在产生眷恋，繁华、密集、富饶……一切和物质相关的词语都可以来形容城市。

有时候游完泳，门口会有卖茶叶蛋的太婆，远远地就能闻到茶香味，于是奶奶会在中山公园门口给我买一个茶叶蛋吃，然后我屁颠屁颠地回到了家——所谓的家也是奶奶的房子，那段时间，我在这座城市并没有家，也不曾想过会有一个家。

大学住校，我的大妈总会在周末提前煲好一锅排骨莲藕汤，湖北人家家户户都会煲这种汤，每家的味道喝起来却不太一样，大妈的排骨藕汤偶尔会放一点点绿豆——其实长大后我也不记得是不是真的放过，但总觉得那碗汤有绿豆的甘甜在里面。洗完澡大妈再帮我把衣服洗干净，晚上和我堂姐一起看《流星花园》，那是一段又无须思考生活的时间，短暂又美好。

在那几年里，我每个周末都会去汉口的老城走走逛逛，拍拍老房子，再走到江汉路的尽头搭乘轮渡去武昌司门口。这是一座傍水的城市，也是一座热爱热汤的城市，别人说爱喝汤的人感情丰富，我想这也是这座大城市温柔的一面。

再后来我就离开了这座城市，并且从未想过要留在这里，从打包我所有的行李飞往上海的那一刻，这座城市在我的内心就成了一段历史，或者一个烙印。

在上海生活了快十年，工资没有房价涨得快，每次分手都会去宜家买张床，不停地搬家，开通宽带，然后再次搬家，直到有一天我终于厌倦了这样的一个过程，又或者说我不想搬家了，可是在上海买一套属于自己的房子，光靠工资基本上是天方夜谭，很快我就打消了这样的念头。

记得我在第一本书《去，你的旅行》封面上写过一句话：

一个厨房的价钱，就可以环游世界，当然，少了厨房可能房子就不再是房子，但是那个时候，你的世界观也变了。

可是当我环游完世界回来之后，厨房依旧买不起，起码在上海。而我的世界观依旧没有变化，我并不想把所有的积蓄都拿去变成房奴，也不想因为一套房子让自己觉得喝一杯咖啡都要考虑大杯还是小杯，这不应该是在经济稳定的情况下生活该有的样子，生活应该是享受当下，有些东西生不带来死不带走，在我 26 岁一个人搬家重新开始新的生活那年，就想明白了这一切。

　　于是在某个周末，我回了一次武汉，去做了一件算是人生中每个人都可能会经历又害怕的事情：买房子。

　　在我有限的世界观里，买房子一直没有列入我人生首要做的事情。

　　可是当你随着岁月增长，世界也看了，父母渐渐年迈了，偶尔也在想是不是真的要买一套房子，既然在上海真的是买不起，我那一点点存款丢进去也是杯水车薪，那么首先想到的是在武汉买一套，父母在此，即是故乡。

　　但说故乡是回不去的地方，其实也没错。当车开在高架上，看着这座到处挖挖建建的城市，我似乎觉得很陌生，有些地方连名字都想不起来了，武汉话更是说得不灵光，这一切都像是昨天梦里遇到的城市，又很像很久之前经过的一座城市。

　　我曾经在这座城市爱过几个人，很爱很爱，可是终究没有结果。我曾经在江汉路的那家永和大王听着王菲名为《暧昧》的专辑泪流满面，也曾经走在夜晚的武汉长江大桥，从汉口一直走到了武昌。

　　我试着翻了一下以前写的博客，找到了在旅途中写的一段话：

随身带了星野道夫的《在漫长的旅途中》，熟悉的香水和很多棉布 T 恤在身边、6 卷胶卷一个卡片机和信用卡仅有的一点现金、可以工作写东西的上网本，这是我的全部。故地重游又何妨，只是想离开城市喧嚣看看书晒晒太阳。

对于这座城市，我有很多记忆，都写在了书里又放到了心底，城市留给了你太多的记忆，可是你偶尔选择忘记。

江滩那些喝醉的夜、司门口到江汉路的轮渡、武大的食堂、湖大的沙湖，一切都像是昨天，一转身就过去了十年。

我也依稀记得那天离开武汉搬去上海的场景，飞机离开武汉的时候我看着脚下的城市多少还是有些难过的，那些你曾经爱过恨过的人都在脚下，可是我也知道，当你再回来，一切都不一样了，包括我自己。

有人说，一座城市，当你离开那一刻就成了伤城，武汉于我不是所谓的伤城，更多的是情，因为它真的越来越好了。

最后终究在这里安了一个家，我不曾问过买房子这件事情对父母有多大的意义，只是记得我在武汉那场分享会上差点要当场哭出来，泪到了眼眶里又压了回去，当时在大屏幕上有一段王小帅导演的《我11》里的话：

> 我们在生命的过程中，总是看着别人，假设自己是生在别处，以此来构想不同于自己的生活，可是有一天，你发现一切都太晚了，你就是你，你生在某个家庭、某个时代，你生命的烙印，不会因为你的遐想而改变，那时你所能做的就是接受它并尊重它。

有时候，我们并不能选择自己的命运。

父亲少时离开，时常提及的事物和地标随着这座城市的变化早已经物是人非，好像他再也不属于这座城市，再回来已经是暮年，人生兜兜转转其实就是这样吧。

离开，原来是为了回来。

我和我的
三个妹妹

　　我生在一个大家庭，和所有的大家庭一样人多有人多的烦恼，虽然人丁兴旺却也因为人多易生闲言。奶奶生了六个儿子没有一女，在那个年代应该是最欢天喜地的事情，可养育六个儿子本就不是容易的事情，偏又遇到大时代的变迁，儿子有的留在了武汉，有的跟随爷爷奶奶下放到了其他地方。这场迁徙如同宿命。

　　父亲排行老二，跟着爷爷奶奶到了乡下，我自小在小城长大，夏天钓小龙虾，冬天滚在雪地里打雪仗，和我住在一起的是三妹，其他两个妹妹都在武汉。

小时候关系亲厚的妹妹，长大后因为工作和生活反而有些生疏了起来，而且几个妹妹都嫁人为母，而我还是那个爱玩、飘在外面的大哥，说是哥哥我却不算称职。

三妹带着老公、儿子来上海迪士尼玩，侄子连我是谁都不知道，妹妹要他叫我舅舅，小家伙死都不开口。

估计三妹当晚就发飙数落了小朋友，小孩子会察言观色一点不假，第二天就主动跑来抱我大腿一口一个舅舅，想起来也是可爱。

四妹小时候很少到乡下来，一直都不算熟悉，长大后反而见得比较多。有一年我组织了一次家庭旅行，第一次和两个妹妹一起去香格里拉，说起来还真的是一段开心的旅程。我发现，人与人之间无论是不是亲戚，都会有让你感觉陌生的一面，不知道她们喜欢哪个明星，喜欢吃什么菜，遇到过怎样的男孩，错过的时光那么多，越想越自责。

内向的我自小就不太喜欢和亲戚来往，是家里出了名的不爱说话的老二。

五妹是含着金汤匙长大的，小时候还和我一起闹过离家出走，学着港剧里打包行李然后隔日出发，根本不知道去哪里，只要走就好，最后自然是没有跑掉的。

五妹的第一个男朋友和我关系很好，高中生谈恋爱在十几年前还算禁忌的话题，当时我正在武汉读大学，偶尔打完工会和他们聚聚。有一天我问五妹："如果你爱他，愿意什么都不要跟着他走吗？"

五妹说不行，她还有爸爸妈妈，走不了也舍不得，嫁的那个人要像爱她一般爱她父母。多年后五妹如愿，嫁给了一个同样爱她父母的男人。

离开家乡十几年，大家只有在逢年过节才会见面，因为都有了自己的家庭，联络也越来越少。去年，五妹执意想带着孩子移民。全家族的人都反对，在武汉好好的日子不过，为什么要跑去国外重新开始？

我倒是比较理解，前半生是计划着过的，也是时候计划一下自己的下半辈子了，只是她的选择比较远——美国。

刚好秋天我有工作要去美国，打算在工作结束后去旧金山待两天，想在飞机上看看金门大桥。五妹因为办理移民最近半年都住在佛罗里达，便准备飞五个小时来旧金山见我。最终因为工作关系没能成行，五妹心里觉得很抱歉，便在微信里给我发红包，她说难得有一个哥哥可以来美国，哪怕没有见面也觉得距离很近。她来不了旧金山，但想请我吃个饭。

其实这就是亲情吧！一个人漂泊在外，孤独和无助，看不到未来也不知道眼前做的一切是对是错。

我把钱退回给五妹，一家人有心就好。谁知她又坚持发了过来，像我们在家时，在饭桌上抢着买单一样，来来回回了好几次。说实话，我从小便和家人、亲戚的关系较为淡泊，不太善于表达，高中又离家读书，一个人在外面生活到了30多岁，独立和不给其他人添麻烦早成了习惯，所以五妹的关切让我多少有点不知如何面对。但最后，我还是拗不过妹妹只得收了。红包的钱够我在酒店顶楼吃顿大餐了，但和五妹聊着天，乡愁却被勾了起来，最想吃一碗酸辣牛肉米线配凉茶，于是从酒店打车去中国城。

终究我们还是有一个中国胃。家妹说："哥，我想吃一碗热干面。"

前几天和朋友聊天，说旅行要趁早，原因很简单，年轻时对世界满怀激情，现在的我更多了一些平静，平静地面对周遭的很多事情，谈不上好坏，有时候真有些怀念那样的激情。

回到酒店三十六楼的房间，推开门刚好遇到旧金山的日落，远处的山脉被薄雾笼罩，金黄色的阳光把整个房间和突然到来的我都染成了橙黄色。

约了几个旧金山的朋友一起吃晚餐，Jimmy 早已定居在这里，Will 从时尚杂志辞职后从北京来这里读书，柚子和我一样是这次来旧金山的旅人。

几个天南地北的人相聚在旧金山的小餐馆里喝着酒吃着加州的菜肴，十分奇妙。

尽管在飞机上错过，但最终还是去看了金门大桥。我们四人开车到山顶看着大桥，从白天慢慢到夜幕降临，山脉和水面从蓝色慢慢变成了黄色、粉红色。许久没有在旅途中感到惊喜了，这一刻还是被感动了，把视频发给五妹，希望她也能看到这般的美好。

回酒店的路上，沿途看到街边挂满了彩灯，已经开始为下个月的圣诞节做准备了，一对情侣拥抱在灯下，像是电影里的场景。

离开旧金山的早上发短信给五妹，希望她在美国一切都安好。

我们都是飘荡在外的旅人，不管你走多远，有些情感始终都在心里。

杂志岁月

今年刚好是我离开曾经工作近十年的《1626潮流双周刊》杂志两年的时间，其实很早就想写点什么，停停写写最终等了两年，不长不短，但用来作为某种回顾却可能刚刚好。

我曾经有一个传媒梦。是的，你可能会说，每个想做报纸杂志的人都曾有过这样的梦，我不知道别人的梦是怎么开始的，我的这个梦可以追溯到读小学的时候，为了圆梦，我自己创办了一份手抄版的报纸。

这上面都有些什么呢？从娱乐八卦到最新的歌曲歌词，从社会新闻到我生活小区的动态，歪歪扭扭的字，以及从很多其他杂志摘抄的文章和复印的明星图片，一起组成了这份报纸，我还试着卖了两期，销量还可以，最后被大人们知道后叫停了，总结是不务正业。

我一直坚信人是有梦想的，可能它并没有你小时候想的那么伟大，成为科学家、社会学家、金融学家……我从小的志向很简单，画画和写作。

高中的时候流行看《少男少女》这类红遍大江南北的青春杂志，喜欢交笔友写信，现在想起来那时候也许是那个年代通信不够发达，也许是我们太急于和这个世界交流。我会给那些我喜欢的杂志投稿，记得《中外少年》曾经采用过一篇，在报刊亭拿到杂志，看到文字变成印刷品时，我欣喜若狂。去邮局取了我人生的第一笔稿费——来自《中外少年》的六十块钱人民币，我特别有仪式感地请几个要好的同学去吃了牛肉粉、烧烤，那是物质简单却精神富足的年代。

大学毕业那年去了上海，头两年一直给很多报纸杂志写稿，收入微薄但也开心。

这期间我做过很多和文字有关的工作，比如写电视剧剧本，写广告语，那是一段很像海绵的生活，你会拼命地吸收一切，读了很多书遇到很多人，不过这些都不足以维持生计。

你还是需要找一份正式的工作。

　　总归是要去面试的，我把个人的简历和作品投给了很多家报社杂志社，结果第一次去面试时发现是一家房地产报社，走到门口我便走了，回家后好朋友问我面试怎么样，我只是说不适合，其实简单来说，我只是想找一份更喜欢的工作。

　　是啊，谁不想找一份自己喜欢的工作，可是当家庭的压力、社会的压力以及最简单的生存压力摆在你面前的时候，你或许会质疑自己的坚持。这样的坚持在这时候是看不到未来的，像是深海里的鱼，知道顶上的某个位置会有光线，现在却不知距离它有多远。

　　我算是一个比较随波逐流的人，最后终于妥协于各种各样的压力，打算先从任何一份杂志的工作做起。我第一份正式工作是在一本你去参加活动都羞于拿出名片的杂志《男友》，其实它是已经小有名气的《女友》杂志在当时创办的男生潮流杂志，但发行量有限，基本无人问津，还好在这家杂志社工作期间，我遇到了一个好主编以及一群好同事，让我在这段时间里学到不少东西，也因为这本杂志，在这十年里，只要我去西安，都会约着她们见个面吃个饭，像是老朋友一般。

　　我是驻沪编辑，只需要每周一三五上班，二四可以在家办公，基本上管我的领导都是通过网络隔空找我，那个年代我们媒体不求什么车马费，只要能给一些资料做稿子都觉得要烧香，可是哪怕是这样有限的预算和时间，我们西安、北京和上海三个编辑部每期都在努力地做出一本好杂志，一本好看的杂志。

现在想起来，那段岁月对我影响颇深，那时我们去广州采访当时最早在国内做独立杂志《RICE》的一群年轻人，去见刚开始拍照的编号223，那是一个有着无限热情，对未来有着无限幻想的黄金团队。这些经历也让我更加热爱所处的这个行业。

但好景不长，因为影响力与利润都有限，《男友》不久后停刊了，赔了我一小笔钱。带着钱我去新加坡晃荡了一周，那是我第一次觉得人生有点艰难，失恋、失业，对未来也没有什么方向。

半年后我去了《1626潮流双周刊》上海版做创刊工作。上班第一天大家互相都不认识，身边的女孩子第二天变成了流程编辑，对面的女孩子成了编辑部主任，一切都是从混乱、懵懂开始。

一本周刊杂志从创刊做起，到十年后离职，如果要把做过的杂志堆在家里，估计要放小半个房间。

当年经费少，编辑偶尔还要兼职摄影，所以我陆续做过球鞋、女装、生活方式、男装、数码等各种栏目，因为一开始杂志名气不大，所以当要拍摄陈奕迅时，我们都还战战兢兢，也经常和小伙伴们等着蓝样稿子等到凌晨两点，那是一个加班都觉得幸福快乐的年代。

大概三年后，杂志基本做得有模有样，因为一共有四个城市的版本，于是各个城市的编辑部间也存在着竞争，这竞争无论是体现在选题上还是拍摄上，都觉得不能输给其他城市版，整个上海编辑部都像是热血少年一般。

大部分的时间，大家看到编辑们都在参加活动，坐商务舱去时装周，住五星级酒店，吃各地最好吃的餐厅，这的确是一份看上去很不错的工作，可是抛开这一切而言，杂志编辑的工资却也相对微薄，我们吃得起苦，外人也很少能够看到。

这些年，看着做杂志的人离开的不少，有些是从一个杂志社去了另外一个，也有些从传统媒体去了新媒体，来来回回。连我自己都很少买杂志了，因为你翻开一本杂志，很多选题或者信息都是五年前你在做编辑的时候就看过的，为什么要再花二十块钱买？

我无数次反思过这样的一个状态，一个主编辞职并不是件容易的事情，不是跳槽也不是要经商，只是想休息一下，看一看生活还有什么可能性。

最终迫使我离职的原因很简单：一，钱少；二，团队；三，做自己。

一个主编到底拿到多少薪水算多？每一个老板和编辑都想过这个问题，简单来说，我从金融危机那年起就没有拿过年终奖和双薪了，偶尔一次也是因为当年广告超指标。团队都是新人，并且停留时间很短，当时我除了做的杂志还同时一起管理四本刊物。其实现在想起来那时相当混乱，我就像是一个超负荷的钟在运转着，并且我本人也不属于管理型的领导。

我想起以前那个离开我们的主编，她对工作的态度，对这本杂志付出的一切；想起对我如亲兄弟一般的老板；每一次想起这些，我在离职这件事情上都又打起了退堂鼓。

其实最终的辞职没有那么难，当时我在想如果没有工作，这些书的稿费换算成工资应该可以生活两年的时间。

听上去有些天真和幼稚，可是一个 30 岁的人做任何一个决定一定是经过三思的，我没有告诉过父母亲，因为说了他们也无法理解你为什么辞职，然后我给了自己一个很长的假期，花了两周的时间去新西兰环岛旅行。

接着回来赶上农历新年，我照常回家过年，带着父母出去旅行，好像什么事情都没有发生过，当然这期间我对未来也不是没有害怕过，毕竟在异乡生活，温饱是你首先要解决的事情。

我在很长一段时间里都很怀念那段在杂志社的时光，简单又快乐。

每一天你都觉得有新鲜的事情等着你，时装预览，参加不完的派对，无数的出差，充满激情的编辑们。记得我去广州总公司开完最后一次会，一个人在房间哭了，因为工作关系来来回回广州有快十年的时间，我熟悉公司附近每一条街道的样子，便利店在哪里，有什么好吃的餐厅和酒吧，不过我自己都知道，再回这座城市时，一切都会不一样了。

辞职后最初的三个月，闲到无所事事，每天无非睡觉看书，养花带狗，在第三个月的时候心里多少有点慌，于是像小学生做寒假作业一样，给自己做了一个计划表，每周更新几次微博，写几篇文章，健身几次，读几本书。

辞职第一年，因为出版了《不过，一场生活》，我开始在全国做签售和分享会，我还记得一个叫刀刀的工作人员跟着我跑了大半个中国。那是一个很热的夏天，我们提着行李箱一座座城市去拜访，三个月去了三十五个地方，打包行李，回家，继续打包行李，从武汉到长沙，从广州到深圳，从重庆到成都……

但这样的过程不会让我厌倦，每一次见到大家，看到因为这本书而成为朋友的读者，心里很开心，也因为自己活了三十年，终于开始做一些自己喜欢的事情了。

在之后成立了"叁边工作室"，一个希望推动原创文化生活态度的工作室，虽然只有三个人，但是我相信我们可以做更多有趣的事情出来。

我羡慕那些继续愿意花很多时间做采访专题报道的编辑，也为那些留在杂志迷茫的同人难过，毕竟未来的路谁都不知道，起码我们应该趁年轻做一次自己。

我还是在飞，只是现在都是为自己在飞，有一天我问JOE，如果有一天我们不飞了，会不会想念这样飞来飞去的日子呢?

很长一段时间里，我都是跟着我的行李箱飞来飞去，里面装满了尽可能熟悉的衣服、味道，当然还有音乐。短暂停留、打包，再继续前往下一个目的地，这样的日子，频繁、琐碎。有时候充满了激情，有时候心力交瘁，在机场喝一杯，又或者黄昏独自面对海洋。

在丽江的一家小旅馆里，店家说有一个姑娘在这里住了三个月，因为是淡季，酒店生意并不怎么样，店家边说边煮了茶给我喝，我问起那个姑娘现在去哪儿了。他说，不过是每天上山采花闲逛，看书睡觉吃饭，仅此而已，都没有怎么离开过这个镇子。

听起来很美好，可是一个人要带着多少故事才可以在异乡这样安静地生活一段时间，又或者说放弃了多少我们原以为的坚持。旅行的真谛其实永远都摸不透，就像是有一天，我在伦敦盯着傍晚的天空看，时而乌云密布时而阳光灿烂，你不知道下一秒钟你身处的世界将会变成什么样子。

在马尔代夫，我见过好几个在那里的酒店工作的人。虽然这是个全世界的人都想去的海岛，但要在这里工作却是另外一件事情，大部分酒店所处的岛屿都不会太大，如果要到首都马累可能都需要转两次飞机并且价格昂贵，但他们依旧每天都需要带着快乐的心情迎接每一位客人。这样的生活其实并不如我们想象的那么简单，可是当我问起每一个人，他们虽然想家却格外珍惜这样的时光，他们告诉我，哪怕是住上一年，每天的日落都是不一样的。

时光从未辜负过我们，总是有一些人在路上。

不过，所有旅途中的人都是会回家的。

过去很好，可是我们再也回不去了，就像辞职之后，我依然还在旅途之中，而这两年我过得很好，并且相信会过得更好。

寻找心中的
秘境

每个人心中都有城市情结，无论你生活在哪里，都会对城市有所期待和向往。这种向往在我中学时代以后越发强烈，时髦的衣服，没有见过的咖啡馆和电视里那些好吃的快餐店，橱窗漂亮的大商场……城市仿佛是一个巨大的游乐园。外面的世界吸引着你的好奇，等待着你去发掘和探索，你以为自己生活的城市很大了，原来还有更大，更有历史、文化，更舒服的城市。

后来，我终究是如愿地来到了大城市生活。

上海够大了，一住就是十四年，从青春年少便在这里扎根。我热爱着这里，熟悉这里的每一家小咖啡馆和餐厅，知道哪里有好喝的拿铁，哪家花店的花又好又便宜，哪家书店打烊最晚，深夜两点去哪家小酒馆还能吃到荠菜馄饨。这是城市给我们美好的一面，便利、舒服，同时也带来了欲望、拥挤和冷漠。

年纪渐长，时常会考虑生活在城市里的意义，住得越久越有种城市病，不时焦虑，缺乏耐心，每天上下班挤在拥挤的地铁里，周围都是表情默然的陌生人，而雾霾更是加剧了病情。

偶尔有假期去旅行，海岛好像是治愈城市病的快速药，简单直接。

在森林的秘境里呼吸一下自然空气，喝一口山泉水，睡一个安稳觉，如此简单的愿望在城市里都变成了奢侈品。

日本九州最南端的鹿儿岛除了拥有世界遗产屋久岛外，还有樱岛、种子岛等岛屿，丰富的雨水和植被让这座岛屿变成了世外桃源，去往岛屿都是要搭船的，所有的秘境其实都不会那么直接方便地能够抵达，很多人长途飞行只为了冲浪，而有的人是去工作。

如果你看过宫崎骏的《幽灵公主》，一定会被电影里的山川湖河所吸引，丰富的植被让整个山脉遍布青苔和绿植，而他正是在这白谷云水峡中采风，然后把所有的风景拍成了电影，峡水流动在屋久岛北部的山谷中。植物在丰沛的雨水滋养下，生命力格外旺盛，茂密的原始森林感觉可以把久居都市里已经被污染的肺都清洗干净。电影里，主人公拯救的那一片大森林就是脚下这一片屋久岛的白谷云水峡森林，潺潺的水流声和行走的脚步声交织在一起。四周安静极了，静到让你觉得世间的一切都可以在此停下来。

别急，旅途才刚刚开始。

日本民宿很多都是家庭经营，房间不多，且都是公共浴室。旅馆虽小却很温馨，我住的房间有一扇窗户正对着山谷，榻榻米其实很简单，一床被子一台电视机，拉开木质的窗户可以听到山谷里的溪流声，然后晒着午后的太阳昏昏入睡。

醒过来了独自在旅馆里转悠，你会看到很多爸爸带着儿子去洗澡，大脸盆后面跟着小脸盆，也许多年之后儿子也会这样带着年迈的父亲来泡汤。独自旅行的老者一个人笑呵呵地看综艺节目，穿着一身白色麻布衬衫喝着朝日冰啤酒。

饿了就在旅馆解决晚饭，老板亲自做了当地盛产的"飞鱼"定食，所谓"飞鱼"大可参考《少年派》中的那些飞翔的鱼儿，用橄榄油炸过之后还能看得出鱼的样子。咬上一口外酥里软，鱼的鲜味直接钻进口腔里，再配上一杯冰啤酒看着窗外的夕阳，你才感叹生活节奏原来并没有那么快。

大部分来山里的人都喜欢去徒步。

因为知道我第二天也要去徒步，所以旅馆早早备好了第二天的早餐和晚餐的便当。我凌晨四点起床出门，带着一脸的疲惫上路了。

屋久岛是 1993 年第一个被列入联合国世界自然遗产的地方，茂密的雨林、成片的苔藓构成了这座岛屿，如果你是苔藓爱好者，你几乎就要接近天堂。岛上除了人，还有鹿和猴子，与世无争地过着自己的生活。

我们此行要去看的是绳文杉，这棵树树龄在七千年以上，正好是日本绳文时代，因此取名为绳文杉。而当你徒步八小时后抵达这棵大树下时已经完全没有了最初的期待，因为路途中的山和水才是真实的美。全程十二小时的徒步不仅仅是在山中行走这么简单，城市里的烦恼早就已经抛在了脑后。

从山里出来天色已晚，路过一大片海，发现很多村民在此，看了下才知道是活火山的温泉，只需要人民币六块钱就可以泡，汤池是天然石头挖的一个坑，男女老幼都不穿衣服地先在一旁洗洗，然后就光着屁股下水了。你可以等快涨潮的时候去，这样海水会和你的温泉连在一起，海浪跟着潮汐拍打着山谷边的温泉。岛民的生活简单又安逸，靠在车窗边，看着夕阳沉没于大海之中，远处的山色立体了起来，延绵不断地到达山顶的星空里。

在自然面前，我们这些城市人，反而成了奇怪的外星动物，穿戴整齐地看着远处裸体的、回归自然的他们。

有段时间，我频繁来往于山里，慢慢觉得如果小时候要是能够在山里生活一段时间，是多么难能可贵的经历。你可以看到并且熟悉大自然季节的变化，知道许多植物的名字，吃到四季新鲜的食材，冬雪里烧着柴火，和我的狗儿在雪地里奔跑，听着夏蝉的鸣叫沉沉睡去。

在日本栃木县的山里小住几日，试着像当地人一样慢慢走路、吃饭、喝酒、看书，生活原来可以像大自然一般温柔细腻。很喜欢星野集团的"界"品牌，1904年创始的星野集团"界"精品温泉旅馆散落在日本不同的地方，大多都是以不超过五十间的房间数来打造舒适的住宿体验，很多小而美的温泉旅馆会让人住上瘾，到这家"界 日光"的交通并不方便，但非常值得在这里住一段时间。

虽然说是去山里，却如我一开始写的，你必须要从最繁华的地方作为你的起点，吃了午餐，在东京的新宿车站买火车票。去往"界 日光"的直达车每天也就一两班，喧闹繁华的东京街头到处是充满欲望的眼睛，这里和世界上的大部分巨型城市一样，无数带着梦想的人生活在此，奔波忙碌。以前看过一篇文章聊到东京，有一句话记忆很深：东京其实是一个丑陋的城市，高高低低不规则的建筑，霓虹灯造就了这里。我试着想了想是不是真的如文中所说的丑陋，完全合理，但是东京的美好也是因为这些复杂的建筑和流光四溢的广告牌啊。

告别新宿，带着我的行李前往山谷，旅馆坐落于奥日光入口处的中禅寺湖畔。夏季的日光天气凉爽，从明治时代开始这里就是外国人的避暑胜地，男体山山脚下在初夏开满了杜鹃花，美不胜收，而到了秋天，满山的红叶又让这里变成另外一番风景。

住在山里无所事事就是最好的旅行。旅馆有电动自行车可以租借，只需要提前到前台预约即可骑到周边的寺庙里看看。散步到华严瀑布，看自700米高处流下的瀑布冲入谷底。晚上泡了汤，吃着当天从河里捕捞的鱼，最后不忘买一瓶冰啤酒。旅馆的人用一块很美的小花布把啤酒打了包，我优哉游哉地提着回了房间。

最近几年里因为工作去过很多海岛，常常要在长途飞行后转机再转船才能到达，有时候我也会问我自己，逃离都市的意义在哪里？

"我们老是感到缺少什么东西而不满足，是因为我们对已经得到的东西缺少感激之情。"这是《鲁滨孙漂流记》里的一句话，那天早上我在印度洋的 Soneva Fushi（索尼娃富士岛）的海岛酒店醒来，床边的书翻开刚好是这句话。

起床后看着阳光照在房间的地板上，金灿灿的，空气里还有前一晚柠檬草香薰的味道。站在有落地玻璃窗的卫生间里洗澡，能看到外面的一切，心中有一种莫名的感动，而这只是我在 Soneva Fushi 旅途的开始。

每一种相遇都是需要千万次的日出日落、长途飞行才能换来的机缘巧合。

入住酒店当天，管家就把我的鞋收走了。"NO NEWS, NO SHOES!（没有新闻，不用穿鞋！）"对都市人而言难能可贵，第一天并不太习惯光着脚走路，因为路面并非都是细沙，还有不少碎石。每天就这样光着脚去吃早餐，有时还要骑自行车。因为植被茂密，我花了两天才弄清楚自己的房间在哪里，这样的迷路其实也挺有意思的。

在这里一切物质都很匮乏，所以酒店还有自己的小农场和水处理系统。管家是从中国来的，我问她在这里工作会不会孤独。她笑了笑，这么美的海岛谁都想来，孤独一定有，可就像日出和日落，每天都不太一样。有这样的一段海岛工作经历，也实在难得。

早上起来，每个人都有不同的睡眠体验，有的说像是睡在了森林，有的说像是睡在了树洞，也许是因为太安静了，我感觉自己这一晚已经与世隔绝。

一直到快离开的前一天，我才理解了这家酒店的真谛，它是山谷，是大海，是自然。

一群人去看夕阳和海豚，起航之前海风快把船都刮翻了，岸边的歌手唱起了温柔的情歌，我们迎着晚霞出发，在海上漂流，直到夕阳淹没在海风之中，直到最后海豚都悄悄离去。

我热爱着都市，但更向往着回归到真实的自然之中，这需要花很长的时间才能够理解和体会。

去山里去海边，不仅仅只是为了看山观海，还因为我们都是行走在空谷外的陌生人，偶尔把沾染尘埃的心藏在山谷海边，静静沉思缓慢度日，然后再跟着风继续前行。

你心中的秘境，只有靠你自己去发掘才能抵达。

孤独远行

Wandering

Out of

Loneliness

66号公路，
此生不虚此行

启程

在我的旅行地图上有一个清单，像集邮一样会收集很多小时候在书本、电影里看到的目的地。以前总觉得很多地方遥不可及，当你真正做计划要出发的时候才发现，很多旅行目的地并没有你想象中那么难以到达，最重要的除了物质保证，在我看来是和什么样的人去旅行。

有些旅行是用来放空的，也有些旅行要用来疗伤，可是什么样的旅行会让你感觉像做了一场梦？

如果你要问我，答案一定是美国 66 号公路，而我们可能真就是在这次公路旅行里做了一场梦。

几个异乡人，在十四天的时间里横跨了整个美国，总共驾驶 3900 千米，可能从来没有哪一次旅行能如此令人难忘。这条被美国人称为"母亲之路"的 66 号公路，因为它的无数传奇，所以值得此生前去一次。相信有些人是为了印证这段传奇之路才开始一段旅程的，但对我们，一群已经过了 30 岁才开始人生新旅程的人来说，这一段路更像是对我们友谊以及生活的一次回顾。

提到 Ivy 和皓子，如果你之前看过我的书，那对这两个名字你一定不会感到陌生，住在"酒精之城"福州的这对夫妻已经有了第二个女儿，他们算是我见过的最先锋、最敢于过自己想要的生活的夫妻，也从来不会因为结婚有了小孩子而再也无法旅行，甚至我们还有好几次带着小朋友一起旅行。我时常在想，为什么很多人害怕婚姻，害怕小孩？可能多半是不愿意改变自己原有的生活方式。然而在国外，你很容易就能看到一家三口的集体出游，女儿陪着母亲喝香槟，爸爸来一杯苏格兰威士忌，深夜聊聊八卦，然后第二天一起去购物、参观博物馆，这样的生活多好，我想也许再过十年，我也会和他们的女儿一起出发。

对于长途公路旅行，我有两个要求。其一是驾驶技术熟练的老司机，而且热爱长途行驶，单单只是开车和爱开车是两件事情，你会发现热爱驾驶的人非常享受自驾的乐趣，无论是沿着海岸线还是在山谷的雨林之中，都能与你一起探索其中的好风景。其二是同行的好朋友，起码认识五年以上，熟悉彼此的性格、爱好，知晓对方的生日，哪怕吵架了也可以很快恢复关系，这需要有很深的友谊的人才能够做到，有点像老夫妻。

满足了以上两点，你们才具备共赴长途公路之旅的资格，不然真的会矛盾重重、举步维艰。

我们的旅行计划是从芝加哥一路开到洛杉矶，因为路途太长，中间有几段还是需要靠飞行来缓解疲劳。第一站肯定是要从芝加哥开始，然后再一路开到加州圣塔蒙尼卡。

如果人生有起点，那66号公路应该从芝加哥这里的路牌开始。

要在偌大的城市之中找到66号公路的路牌并不是很容易，因为它隐藏在一条小巷子里很不起眼，如果你是开车驶过甚至会忽略它的存在。芝加哥有太多值得骄傲的辉煌历史，传奇般的66号公路曾经是通往西部的主要通道，多少人曾经在芝加哥这个地标建筑拍完照，一路开车到了洛杉矶。生活也就是这样随着路途的延长而悄悄发生着改变。之前看过一部纪录片，专门记录了很多人从纽约、芝加哥起步，到洛杉矶、旧金山的生活的变迁，而这些人不可避免地都走过了66号公路。

因为时差，我在清晨六点的芝加哥醒来，看着窗户外忙碌的人们已经准备去上班了，而另外一些早起的人正沿着湖跑步。我独自洗漱好后在楼下买了杯咖啡，在湖边找了一个安静的位置坐下来。9月的空气里已经有了一丝丝寒意，看着远方的湖面和经过我身边奔跑的人们，我知道旅行真的开始了！

从芝加哥市区开车到了郊外，整个视野慢慢地开阔了起来，偶尔遇到一些不知名的小镇已经荒无人烟，这里曾经因为66号公路辉煌一时，而现在也逐渐荒废了，空着的咖啡店和加油站在路边比比皆是。

找到一家路边的小店吃午餐，听说我们是从中国远道而来，一位老大爷笑着用蹩脚的中文问候我们："你好！"

这里很多的居民也许一辈子都没有离开过美国，而66号公路的粉丝则是从世界各地而来与他们相聚。与老大爷喝一杯没有酒精的 66 号公路姜味啤酒，继续上路。

车子开往古巴，不要理解错了，不是那个和美国断交多年最近才能直飞的古巴，而是有超多壁画的古巴小镇，电影《玩具总动员》的原型也在这小镇附近。加油站里亲切的大妈热情地接待了我们，当然拍照也无须给钱，买杯可乐就好。

其实，刚刚踏上 66 号公路的前几天有一点无聊，因为除了看不到边际的公路外没有其他。公路旅行就是这样，不知道下一站会停在哪里，也不知道会遇到什么人。

真正的旅行，要从 Great Lakes（五大湖）航空说起，因为旅行时间较短，（你可能会说十四天还短，是的！因为完整走完估计要一个月！）中途飞了一次，没想到是一架超级野的小飞机，飞往佩吉，中途还在某个沙漠里的小机场停留加了次油。

从这里开始，路上的颜色开始缤纷起来，红色、黄色和天空的蓝色连在了一起。

夕阳西下的鲍威尔湖美得有些不真实，红色砂岩和石拱蔓延在山谷之间，让人分不清天和地、日和暮，时间在风中停下来了，然后又被黑暗拉回了大地。我们索性把车停在了路边，放着音乐吹着海风，好好享受一下这路上的美好。

如果可以，下一次我要在佩吉小镇住上一段时间，虽然来这里的人大部分只做短暂停留。我想，佩吉小镇的夜晚安静得可以只听到自己的呼吸。

亚利桑那州的马蹄湾，确实让我受了些惊吓，在没有任何的防护措施下，很多人都趴在悬崖边看着整个马蹄湾。那天，我只是帮人拍照都已经觉得自己的手在抖。马蹄湾是科罗拉多河在亚利桑那州境内的一截 U 形河道，因为独特的地理结构，你可以错位拍摄出很多看似惊险的照片。

来这里的游客都选择早到晚走，如果你没有太多计划，下午来也是不错的选择，但一定记得多注意安全。

因为一直都在赶路，所以感觉每天都要收拾行李，不同的酒店、民宿、餐厅……每一个地方我们都是过客。突然想如果有一天，你遇到一个爱的人，在这沿途上的某个异乡小镇，你愿意为他留下来吗?

不同的年纪，不同的心境，解答生活的方式也一定不同。

沿途的风景可以停下来欣赏，而阳光、空气和水不会等你，看不到边际的公路一直延伸到了纪念碑谷。只需十分钟，夕阳便把纪念碑谷染成了红色。

那火一般的红也燃烧了我的双眼，长这么大还是头一次见到如此绚烂、夺目的红色。

来的路上天已经全黑，打开车窗看得到闪耀的银河，连温饱都忘了，是的！有一些饿了，在美国公路自驾，吃是一个大问题，纽约、芝加哥这样的大城市还好，想吃什么都有，到了内陆主要就是墨西哥菜和汉堡，也在超市遇到过泡面，想念中国菜。

有时候照片比实际的旅行更美

羚羊峡谷在网上的照片铺天盖地，大部分人来这里都是为了一睹它的美好，整个地区只能报印第安人的团才能进去。相信我，拍出来的照片实际比你看到的美一万倍，切记准备一个口罩，因为风沙实在太大！！如果运气好的话，中午时分，可以看到一束光，大自然的鬼斧神工无处不在。

大峡谷的日落和日出有着一样的美好，只是我个人觉得除非你是一个习惯早起的人或者真的很爱日出，看看日落其实也足够了。

很多老人携手过了半辈子，一起站在山顶看日出。下山的时候我还遇到了可爱的鹿。其实66号公路总有很多神奇的动物在你不经意的时候给你带来惊喜。

最难忘的生日

每年生日都会赶上国庆节假期，也恰巧都在旅途之中，想一想这样真好，有这么多的朋友陪着我在路上一起度过。4号那天，我们的车到了拉斯维加斯，刚过午夜十二点，好朋友们突然推开门，带着香槟和蛋糕，我简直惊喜到要哭出来！

旅途就是这样，总有终点，从大峡谷一路到拉斯维加斯再到洛杉矶，旅行结束得太快，大家好像都有点不适应，在大自然里待了太久，眼前的城市霓虹是那么陌生。

原来，我们都要回家了。

每个人，心中都有一条66号公路，下一站，你会在哪里？

孤独远行

Wandering

Out of

Loneliness

II

那些对爱无关紧要的事

1

曾经熟悉两座不同城市的机场、火车站，

曾经坚信伟大的爱情不会被距离打败，

直到有一天你发现，

原来爱需要很多很多的耐心和很久很久的坚持。

后来他再也没有去过那座城市。

2

有时候，

我们除了爱其实一无所有。

3

我们都曾经掏心掏肺、不计得失地爱过一个人，

不论结局如何，彼此照亮过，也被温暖过。

Chapter 3

梦影在游荡

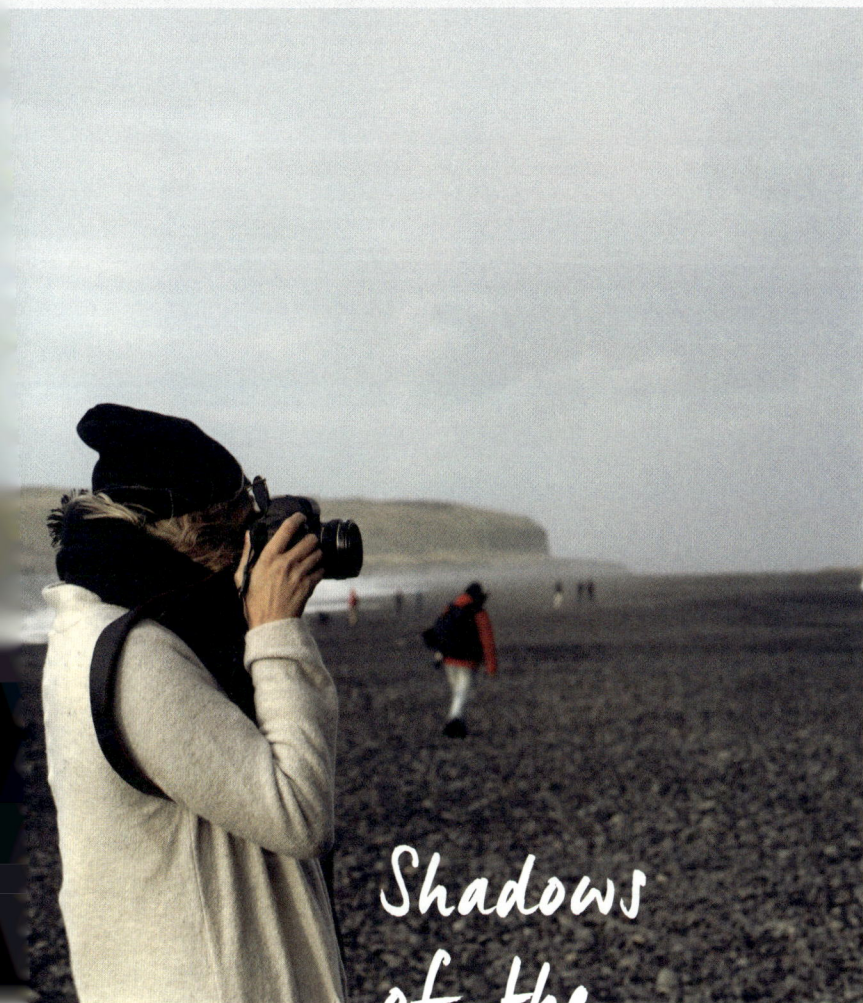

Shadows
of the
Dream

Wandering Out of Loneliness

没有香味的
马蹄莲

她在书里说："女子为肉体的欢愉而迷恋一个男人是愚蠢的本能"。

每一种花都有自己的故事，植物和人一样，从生长到死亡都会因为时间和空间的不同发生微妙的变化。

在百度找到马蹄莲的介绍：

马蹄莲花有毒，内含大量草本钙结晶和生物碱，误食会引起昏眠等中毒症状。该物种为中国植物图谱数据库收录的无毒植物，其块茎、佛焰苞和

肉穗花序有毒。

无论电影还是小说都告诉我们，越美丽的东西越不可碰，可人的本性就是如此，越知道有危险的美丽，哪怕赴汤蹈火也越要一探究竟。生死不过一念之间，而美好的背后往往深藏着恐惧的源头。

Lin 是典型的成都女孩，皮肤水嫩，长发齐肩，浓眉大眼，哪怕不上妆也是一个美人坯子，女孩长得美有时候也是烦恼，越长大越烦恼，这烦恼的源头是忌妒，因为美好的东西稀有，那些平凡的人和事总会诋毁或者远离美好，从古至今都是如此，而忌妒，有时候能要了你的命。

虽然家境不算富足，但 Lin 的童年也过得快乐和幸福。父母都是国企工人，因为她从小喜欢画画，只要她有兴趣的事情总会变成父母最重要的事情。父母攒了钱供养她读完美院，一直到毕业很多年以后 Lin 才知道，其实读美院比很多普通高校贵出很多钱。

美院是一个什么地方呢？看似波澜不惊却暗藏杀机，抛开同宿舍的同学都穿什么品牌的衣服不说，连用什么颜料花多少钱去国外写生都成了大家互相攀比的标准。可 Lin 似乎对一切都不屑一顾，在她心里一直与这个世界保持着距离，大学几年只谈了一场恋爱。

她第一次发现肉体带来的快乐是因为隔壁体院一个叫烨的男孩，一米八二的个子，短发，有胡楂，一身的腱子肉，每一个毛孔仿佛都散发出荷尔蒙的味道。

从饭局初识的那天开始，烨就很迷恋 Lin，有时甚至可以为了她缺席球赛。迷恋一个人也许会先从迷恋她身上的味道开始吧。Lin 的身体有一种淡淡的却无从得知是什么的香味，可能就是体香吧。女生在还是处女时有一种特别的体香，像蓬勃生长的植物，新鲜的肉体和空气的味道。

有天，烨打完比赛去宿舍找 Lin，她正在宿舍背英文单词，同学们都出去吃饭了，因为刚打了球，烨的全身散发着一种汗臭混合着洗衣粉的味道，他关上门直直地看着 Lin，然后把门反锁上，脱掉上衣，汗水顺着他的胸口慢慢流到了四块腹肌上。Lin 有点震惊男友唐突的表现，还没来得及大叫，男友已经顺势脱下了裤子，三点全露地站在 Lin 面前。

这是她的第一次。

第一次感觉身体需要一个人来温暖。

大三那年 Lin 就和烨同居了，住在学校外面的房子里，其实他们自己也没有想好明天会怎么样，Lin 只是迷恋烨的肉体，有一种洗衣粉夹杂树叶的味道，这是其他人身上没有的。

可是对于还是学生的两个人来说，未来是什么一无所知。他们像很多学生情侣一样，大学毕业便分手了。可 Lin 一直记得那样的一个下午，阳光照在他的身上显得格外好看，傻呵呵笑的脸上还有好几颗青春痘，粗暴却又温暖，与他接吻的时候有草莓的味道，微微的咸味带着甜。

烨拿出一根中南海放进嘴里，点起烟对着空中吐了一口，房间里只听到烟丝燃烧的声音和心跳。

她靠在烨的身上问他："如果有一天我离开你了，你会难过吗？"烨冷笑着说："你怎么会离开我？毕业了我就娶你，一起生活，要我爸妈买个房子，我们就这样过一辈子。"

说好了一辈子的，最终很多都没有变成一辈子。

只要有欲望，我们所爱的一切都会变成一种表象，烨的母亲带着烨约她在瑰丽酒店的大堂吧见面。从地铁到瑰丽酒店并不太方便，秋天的北京下起了缠绵的细雨，Lin 走了好一段路才找到正门，还没来得及擦掉脸上的雨水就被酒店大堂里的书画所吸引，那是一幅以诗人北岛的诗作《时间的玫瑰》

为灵感的书法作品，水墨笔法铺开了另一番天地，Lin 站在门口看了很久，她想起北岛说："只要心在跳动，就有血的潮汐。"而她还不知道她即将要面对一场血雨腥风。

和眼前的这幅书画不同，Lin 的画柔美又黑暗，像是黑夜里的百合花，白色张开，在夜的温床里慢慢盛放，直至凋零，花蕊香浓，却会慢慢掉落铺满一桌花粉，这种看似温暖的美好却暗藏毒性，而且是慢性的毒，慢慢散开，慢慢消失在夜空里。

"你来了，坐吧，我们等你很久了。"

烨的妈妈语气中没有一丝客气，身边放着大的 BV（葆蝶家）包，宝格丽的项链和各种美容技术让她的脸庞比同龄人看起来年轻了至少 5 岁，这一身都是钱堆出来的。此时，原本高大的烨在自己母亲面前却显得极其瘦弱，或者说像是变了一个人，一个被调教出来的不敢多说一句话的富家公子哥。

烨的妈妈开门见山："Lin，我知道你漂亮，人品也好，可是你配不上我们家烨，你没有北京户口，你家在成都应该也很一般。如果你想要北京户口就直说，但不要纠缠我们家烨了，他和你的人生是不一样的。"

Lin 低着头，不由自主地拨弄着左手腕上的手镯，扭着头看向窗外，强忍着夺眶而出的眼泪，她倔强地擦了擦脸上的泪痕，眼神坚定，甚至有点狠狠地看着烨的妈妈。

"我可不稀罕什么北京户口，也没有多爱你的儿子，你们多保重！"说完她把面前的玻璃杯推在了地上，头也不回地跑出了酒店。吵架的人总会懊恼自己刚才发挥得不够好，如果说这一次见面有什么做得不够好，应该就是最后临走时推了那杯水，所谓覆水难收也许就是从那一刻开始。本来以为可以给烨的妈妈一些惊吓，却看到了自己内心的孤独和害怕。她第一次发现因为贫穷和美会失去一个爱的人，并且那么彻底。她心里恨烨，一个只有肌肉没有脑子的孬种。

Lin 打车回到学校，准备请宿舍朋友们大喝一顿。

学校边很多好吃又便宜的小餐馆，有不少湖北人湖南人做的小炒和麻辣烫，学生们偶尔想改善生活就去点几个菜，腊鸭莴笋干锅、小葱拌豆腐和番茄炒鸡蛋都是 Lin 喜欢的。那一天她喝了很多酒，一个人站在学校的操场上不愿意回宿舍。雨还在下，虽然不大但已经有了秋天的清寒，她止不住地掉眼泪，一边擦一边对自己说："烨！我一辈子都不会嫁给你的，你做梦吧！"

泪水混着雨水顺着脸颊流下来，Lin 瘫坐在地上，觉得雨滴都是沉重的，原来失去是这么痛苦的一件事情，原来得不到会如此撕心裂肺地疼。

总算，毕业了。那天之后，烨约了她好几次想见面，她都像陌生人一样冷漠地拒绝了。

Lin 毕业后没有如愿当一个画家，而是在东直门的一家国际动漫公司找到了一份工作，主要是给游戏画分镜，不算无聊可毕竟不是自己喜欢的工作。

公司里有戴着高度近视眼镜，穿 Polo 短袖，背着黑色电脑包的男生；也有很多不喜欢北京却为了钱而不得不留在这里的外国人；有很多穿着怪异，喜好设计师品牌，常年假期在外旅行的美工；还有充满艺术气息，只喝儿童温星巴克咖啡的女白领们。这样的公司，她一待就是五年。

因为大学那一场无疾而终的恋爱，Lin 对谈恋爱这件事情避而不谈，宁愿上床也不要恋爱。说起来容易，可有时候女人会因为贪恋这样的身体而产生爱。

最近遇上的是一个 IT 男，和其他男人不一样，IT 男第一次约会就显得格外随意，这种随意让她觉得有些陌生。通常男人都会提前挑选好餐厅，早早地预订好在哪里见面吃饭喝酒，可 IT 男不一样，他是临见面前一个小时给 Lin 发信息说，约会地点就在自己公司对面珍珠奶茶铺子门口，她早早穿戴整齐，涂了鲜红色 Tom Ford 口红等着 IT 男。

　　IT 男迟到了，习惯性地给了差评，Lin 有些口渴，自己买了一杯抹茶珍珠奶茶少糖少冰，咬着吸管在奶茶铺等他。她大口大口地把珍珠吸上来，口红印在了黑色吸管上。

　　说实话，在奶茶铺约会本来是可以直接不来的，更不要说对方迟到。

　　可突然到了恨嫁的年纪，每一次约会都像是打仗一样，主要是衡量对方的物质条件，外貌早已经退而求其次。

　　迟到的张先生已经 36 岁了，大学毕业后一直在北京工作，虽然外表看起来不太讲究穿着，却是如假包换的暖男。

　　"对不起！迟到了……我……请你喝奶茶，真对不起！"张先生满头大汗地低着头给 Lin 道歉。

　　Lin 的吸管都快要被咬破了，看着眼前的张先生，气就不打一处来，连话都不想回。

　　"好了，我们见过了，拜拜吧！"Lin 话音刚落就准备走，张先生连忙跑过去接着道歉。

　　"今天有个项目要上线，我几次想溜出来都没有成功，我也没有办法，要不我请你吃饭吧？想吃什么都可以，随便你挑？"张先生一脸为难地看着 Lin，应该真的是被工作逼急了。

　　餐厅是 Lin 选的，三里屯北小街的一家 Pizza（比萨）店，可以吹着风喝啤酒，价格平易近人。吃了 Pizza 喝了几轮啤酒，张先生没说超过二十句话，Lin 开始好奇起来。

"你是不是不喜欢我？不喜欢就不要浪费大家的时间吧？今天晚餐 AA？"

"不不不，不是这样，我很喜欢你，我这个人啊，胆子小，是个书呆子。第一次和大美女约会，都不知道说什么，我……我……"张先生喝了一口啤酒吞吞吐吐地看着 Lin。

张先生完全就不是 Lin 喜欢的类型，单调乏味，唯独人好，但约会的时候她总觉得少了点什么。

浪漫，对啊，她从大学毕业后几乎都快忘了浪漫这个词，生活不应该多一些平淡少一点浪漫吗？

话虽如此，可是每一个女生心里都希望对方是可以懂自己、理解自己的，但来自两个不同星球的人如何做到真正了解彼此呢？

就这样约会了三四次，然后快速地同居，生活逐渐变成了一潭死水，一眼可以看到未来的样子，接下来应该是结婚、生子、带小孩，然后老死。

他们如同两个寂寞的人，因为寂寞太久而碰巧结伴搭乘了同一辆巴士去往异乡。

　　两年后他们结婚了，婚礼很简单，只请了一些朋友，打算婚后一起去西藏旅行。Lin 在成都长大，对西藏有一种莫名的情结。

　　婚后的张先生总是在加班，不分白天黑夜，去西藏的新婚旅行也是一拖再拖，始终没有成行。有时候 Lin 面对空荡荡的家会忍不住想，如果一个人的生活只有工作，为什么还要结婚呢？两个人相处的意义究竟是什么呢？

　　张先生很爱 Lin，但所有的爱只能表现在物质上，每个月所有的薪水都如数交给 Lin，从来不去应酬也不爱买衣服，唯一爱好就是玩一下电脑游戏，不抽烟偶尔爱喝几杯，这是他全部的兴趣爱好。因为工作太过繁忙，大部分的时候 Lin 都觉得自己是一个人，一个人下班，一个人吃饭，一个人看电影，一个人去旅行，而张先生的世界似乎只有加班。

　　他们甚至都没有一起喝过几次咖啡，也甚少去餐厅吃饭，不是叫外卖就是各自吃饭。有时 Lin 会把每周的工作计划写在日历上，而张先生从来不看。

　　生活永远没有时间让你来细细思考，初秋的时候公司接了一个新游戏项目，需要 Lin 去西藏采集一些风景画。

　　周日的早上，张先生起床看 Lin 不在身边，试着发了短信也没回，一个小时后张先生开始有点慌乱了，到底去了哪里呢？回成都了？去健身了？手机丢了？

他爬起来看着房间，阳光照在屋子里暖暖的，北京的初秋天气已经有些微凉，前几天刚买的马蹄莲放在窗台上，透着玻璃的光，白色的花瓣分外娇艳。

张先生突然发现，虽然结婚几年，可他对 Lin 的私人生活一无所知，每每回到家他总是忙着用手机处理邮件或者在工作群里开会。他甚至不记得已经来过家里四五次的邻居的名字，也不知道 Lin 闺密的微信，更不知道在那些他加班的日日夜夜里 Lin 都在干吗，除了物质他似乎没有什么可以给 Lin 的，他对 Lin 的世界有一种恐怖的陌生感。

他有些慌乱地打开微博，看到 Lin 发了一条："西藏，我来了。"

嗯，是啊！她去西藏出差了，之前说过也写在了家里的日历上，可是张先生从未想过要去看这些看起来可有可无的事情，他对 Lin 有绝对的信任和爱，但是往往也是这种信任和爱让他们的生活疏远到连朋友都不如。他不能脱口而出 Lin 去哪里出差，Lin 最爱的酒是什么，用的香水是什么牌子，更不知道 Lin 在西藏住哪里。

他的内心有一种麻木和厌倦，一切都太过平常，每周固定做爱，叫固定的外卖，连鲜花都是固定的样子，一切都太过有规律。

Lin 呢，其实很开心，因为大学毕业后就一直向往着可以有机会去一次拉萨，这次她决定工作结束后再小住几日。

公司订的酒店是香格里拉，和其他香格里拉不一样，高原的酒店充满了藏族设计感。因为工作关系，她经常去世界各地出差，Lin 早就有了各种酒店、航空公司的金卡，欢迎水果、酒廊喝一杯、延迟退房，一切都再正常不过了。

海拔 3700 米的酒店是进入藏区的第一个落脚点。刚到这里的人通常会产生剧烈的高原反应，头疼、疲惫及无法入眠。Lin 已经整夜没有睡着了，第一晚开会到深夜一点，一直到凌晨三点她都无法入睡，因为高原反应，她心跳很快，头疼不止，她索性靠在窗户边看着窗外皎洁的月光和闪烁的星空。

看着手机里张先生发来的几十条短信，她一条都不想回。

耳机里轻响着 Tamas Wells（塔马斯·韦尔斯）的歌，窗户外天还没亮，大昭寺一旁已经有人开始在转经，一遍遍念着经文，祈求平安。

她穿上风衣，把脖子裹进领子里，戴着毛线帽子准备出门走一走。大昭寺整晚都有朝拜的信徒，他们不远千万里一路跪拜过来。凌晨四点半，转经的人越来越多，他们无须说话，信仰成了最好的交流，木香弥漫在拉萨的上空，她跟着人群在大昭寺外面一圈又一圈地走。

转山转水转佛塔，都说需要几世的因缘才能找到一份真爱，她在想她和张先生真的是适合在一起的吗？对于爱情这件事情，是否如信仰一般坚持和执着。成都长大的 Lin 第一次进藏竟然是婚后，面对无数神佛，她自己都无法解释什么是幸福。

黄昏的时候，她独自去色拉寺看辩经。

从市区搭乘巴士大概半小时可以抵达色拉寺，门口有几家小餐馆，她买了一碗面条加了很多辣椒和醋吃下。色拉寺不算有名的景点，所以游客也没有大昭寺那么密集，辩经都是下午开始，为了不打扰喇嘛们，她选了一个露台的位置，戴着鸭舌帽安静地坐在那里。

远远地，她看见一个男子靠在树下聚精会神地看着辩经，他穿着蓝色的外套，戴着墨镜和帽子，看样子是在城市里生活了许久的人，都市人很容易辨认，特别在西藏，这样的打扮与这里格格不入。

喇嘛们穿着红色的僧袍站在日光之下辩经，辩经是指按照因明学体系的逻辑推理方式，辩论佛教教义一直不断学习的过程。

辩经在藏里语称为"村尼作巴",也是"法相"的意思,是藏传佛教喇嘛攻读显宗经典的必经方式,通常都会选择在寺院内的空地或者茂密的树荫下进行。因为时间比较长,辩论激烈,往往都不能有任何外界的打扰,喇嘛们会通过掌声、走路、光影和眼神来加强自己的观点。这是最早源于赤松德赞时期大乘和尚和噶玛拉锡拉的公开辩论。如果不是特意去,一定会错过这么虔诚、精彩的学习方式。

男子站起来,拿出相机准备拍照,就在那一刻 Lin 呆坐在那里,耳边听不到辩经的声音,连风声都慢慢静止了。是啊,那个曾经因为家庭抛弃她的烨就站在面前,岁月虽然使他的脸庞不再年轻,但那身材依然壮硕,黝黑的皮肤被高原的光照得发亮。

烨也看到了 Lin,他先是愣了一下,似乎在仔细辨认帽檐下那张脸,然后赶紧跑了过来,虽然只有短短一段路,但因为是高原,所以跑到 Lin 面前时烨还是有些喘。

"天啊!竟然在这里见到你,你来旅行的吗?"烨边喘边问。

Lin 笑起来,掩饰不住眼角的皱纹,岁月不仅改变了我们的皮肤,还有我们的心。

烨告诉 Lin,他从北路来到拉萨,搭乘班车前往樟木,然后抵达尼泊尔，最后又返回到了拉萨。他一个人在拉萨住了五天，高原反应已经逐渐消失。今天下午他独自打车前往色拉寺看喇嘛辩经，下了车散步到寺庙，看到整片的山花已经开满枝头，轻轻吸一口都有花香的味道，这香味莫名地有种熟悉的感觉。在西藏的蓝天白云、通透空气之间，他遇见了十年未见的 Lin。

"一起吃饭吧？"烨摸着后脑勺问 Lin 的意思。

"嗯，吃吧！你大学还欠着我一顿饭呢！"Lin 爽快地答应，似乎一瞬间又回到了无忧无虑的校园时光。

他们约在大昭寺后面八廊街的玛吉阿米餐厅，玛吉阿米餐厅的名字来自六世达赖喇嘛仓央嘉措的情诗，根据传说故事，这是仓央嘉措情人的名字，而这里是当年他与玛吉阿米幽会的地方。时过境迁，这里已经有着浓厚的商业氛围，这家餐厅也成了所有追求浪漫和爱情的人吃饭约会的好地方。

"你没什么变化嘛，除了老了点，黑了点，不过我也老了。"Lin 拿起啤酒边喝边说。

烨笑着摇摇头："我这一辈子啊，就是后悔当初没有和家里作对，就应该不听我妈的话坚持娶了你。"烨看了看 Lin

手上的戒指。

很多事情，来不及去思考，一切都变成了生活本来的样子。

那天晚上他们喝多了酒，烨留在了 Lin 的房间。凌晨四点，他起身走到窗边，Lin 看着他健壮的身体披满了白月光。Lin 突然觉得很伤感，这个曾经给过她温暖、快乐幸福的身体，这个曾经抛弃她，没有勇气带她远走的身体，如今真实地站在面前。她却看不清他的表情。

烨和张先生是完全不一样的人。烨对生活充满了激情，喜欢旅行也喜欢拍照，哪怕约会也喜欢挑选不同的餐厅尝试，这些都是张先生给不了 Lin 的。

可终究都是结了婚的人，谁也不可能真正拥有谁。

天刚蒙蒙亮，烨推醒了还在熟睡的 Lin，说一起出去走走吧。

两个人换好衣服走出房间，看见喇嘛们在晨雨中慢慢行走而过，远处的山脉被薄雾笼罩，一切都那么安静，仿佛天地之间只有他们彼此。

Lin 穿着他的白衬衫，有洗衣粉的味道，熟悉又温暖。

烨问 Lin："如果有一天，有一个人和你说，就这样穿着他的衣服跟他走，你敢吗？"

旅行结束，生活又回到了原点。Lin 必须回北京和张先生继续生活，而烨已经在拉萨的八廓街买下了一家不大的旅馆和一家小咖啡馆，布置得十分温馨。他决定要在这里生活。

一切又回到了现实，张先生的工作依旧很忙，而 Lin 每个周末从重庆去拉萨看烨，平时他们用微信和视频联系，中午吃了什么，晚上要去哪里。

就这样，瞒着张先生过了三年，Lin 从来不敢说一句离婚，烨也没有提一句结婚。

三年，她清楚地知道北京机场的每一家店铺在卖什么，搭乘什么交通工具从机场回家最方便。她不厌其烦地往返于两个地方，如常地洗衣服睡觉做饭做爱看电影。

从不问未来，或者不敢问未来。

张先生带她去吃夜宵，深夜街头的烧烤摊用木炭来烧烤食物。北京是一座温存的城市，无数人带着梦想来到这里。

吃完后两个人一前一后走在回家路上，各自边走边玩手机，像这座城市里很多结婚多年的夫妻，似乎已经没有什么话可以说了。

晚上睡觉的时候，张先生并没有抱着她。

第二天 Lin 又去了拉萨，一句话都没留，其实张先生何尝不知道 Lin 去拉萨到底为了什么。只是他没有勇气说出"离婚"两个字，生活的样子并不是一个人造成的，所有的平淡无味到最后都变成了麻木。

深夜，张先生发信息问她："你还好吗？"

Lin："嗯，挺好的，把家里的马蹄莲换掉吧！本来也没什么味道。"

其实 Lin 和烨在拉萨重逢的第二年，烨就因为高烧肺气肿死在了拉萨，把那家小旅馆留给了她。

如果你爱一个人，是不是应该奋不顾身地去爱？

如果你爱一个人，是不是应该放弃全世界和他在一起？

工作很重要，手机很重要，可是当你有一天失去的时候才发现，就像是这马蹄莲，美丽也充满了毒性，没有什么味道却让人不可抗拒地迷恋它的美。

我们爱着，却不敢奋不顾身。

Bolgeri *€2.40
ciabatta met kipfilet,
bacon, pesto, sla &
gekruide mayonaise

Caprita €2.75
waldkornbol met
warme geitenkaas,
honing & sla

WIJNEN
HOLLAND E KAAS
BUITENLANDSE KAAS
bELEGDE BROODJES
IJNE VLEES

孤独远行

Wandering

Out of

Loneliness

台风过境，
学会告别

　　"多个朋友多条路"是我从小在家里接受的教育，天秤座是不缺朋友的，可是到底要如何去界定一个朋友呢？

　　初来上海那几年，日子过得很风流，虽然收入不多但依旧坚持喝咖啡、泡夜店，跳舞到凌晨三点才回家，偶尔还要去吃个夜宵。现在回想起来，觉得那段时光很不真实，谁年轻的时候没有迷茫过。

　　有两件事情让我对之前那些糟糕、没有计划的生活做了告别，说白了主要是因为当时很穷。

以前单位是每个月 20 号发薪水,偶尔那么一两次会晚几天,虽然已经是主管的我却没有积蓄,每个月的钱几乎是算好了来用,薪水一旦晚发,我连吃饭的钱都没有,同事已经请我吃了两天饭。有一天我在江宁路的全家便利店吃着关东煮,翻着杂志看看窗外,问自己为什么要过这样的生活。

赶上搬家的时候更是捉襟见肘,找了一个自以为是有能力的朋友借钱付押金,却被朋友委婉地拒绝了。房子肯定还是租了,不过那次之后我很认真地想到一个问题,如果朋友真的借了钱给我,而我暂时又无力偿还,那么在接下来的日子里我将要如何面对他?我们还能继续做朋友吗?

我想,我应该是要感谢他的。

借钱,真是一个很尴尬的话题。借钱时理由无数,当然还起来也可能借口多多。也曾经为报答好友的帮助,多年后在他困难之时借钱给他,可时隔一年未还,而这位朋友生活作风依旧未改,全世界各地旅行、快乐购物,那时我想如果要回这些钱,朋友肯定没的做了。自此之后,除了借银行,我与朋友亲戚的关系都不再沾钱。

想学偶像梅艳芳的借钱哲学,借钱给你可以,也无须归还,当然,如此这般也限定了借钱的理由必是生老病死的大事,在能力范围内借给你后大家无须再有经济瓜葛。

能有几个人像梅姐活得如此洒脱？她豪气地做了一辈子大姐，往生后却被自己的母亲变卖家产，面对变故，那些曾经受恩于她的人是否会挺身而出呢？

人走了，什么都没有，没有人可以知道自己未来到底是什么样的。

前几周接到了大学班长的电话，说毕业十周年想邀请我回去聚聚，当时我正在外地出差便委婉地拒绝了。微信群里四十多个同学我都叫不出几个人的名字，在漫长的十年里基本没有联络，他们聊的所有话题都让我感觉自己像是一个局外人，于是某天晚上我默默选择了退群。

我也很奇怪自己为什么要这么做，看似不留情面，完全不像是天秤座会做的事情。如果一个人和你长达十年的时间不见面不联络，要么是根本没有联络的必要，要么就是彼此放在心里便好。

总是有一些人，会在你的生命里出现、消失。总是有一些城市，会在你的世界里有一片小天地。

所谓断离舍，我想在之后很长一段时间里还需要学习。

断，当你明白自己与周遭、与社会的关系时，并不难做到。

离，像是曾经爱过一个人，你明知道没有结果，可在选择离开的时候依旧会难过。时过境迁，回想起来有种劫后余生的喟叹，当时的选择原来是正确的。

舍，是最难的，因为有记忆有故事，你总会以为这样的舍是应该的。

读书的时候我和舅舅通信长达一年多，虽然大部分都是很正式的问候信件，但舅舅的很多话给正在读书的我许多鼓励，让我走了很远，后来几次搬家渐渐遗失了这些信件，舅舅过世后我时常后悔。即便这样不舍，现在也只能把想念放在心里。

前段时间经常在世界各地跑，难得清闲待在家里收拾屋子，丢掉了一些自以为会一直留存的东西，比如再也不会看的杂志，再也不会穿的牛仔裤，总觉得哪天会穿却再也没有上身的衣服，收拾完靠在阳台喝酒，看着台风即将到来的城市，家里的两只狗撒欢地跑来跑去，生活就是这样细水长流，慢慢的、悠悠的。

那些丢掉割舍的，才是我们最难做到的。

日子可以这般好，哪怕只是短暂一会儿，这个世界其实和你没有太大关系。

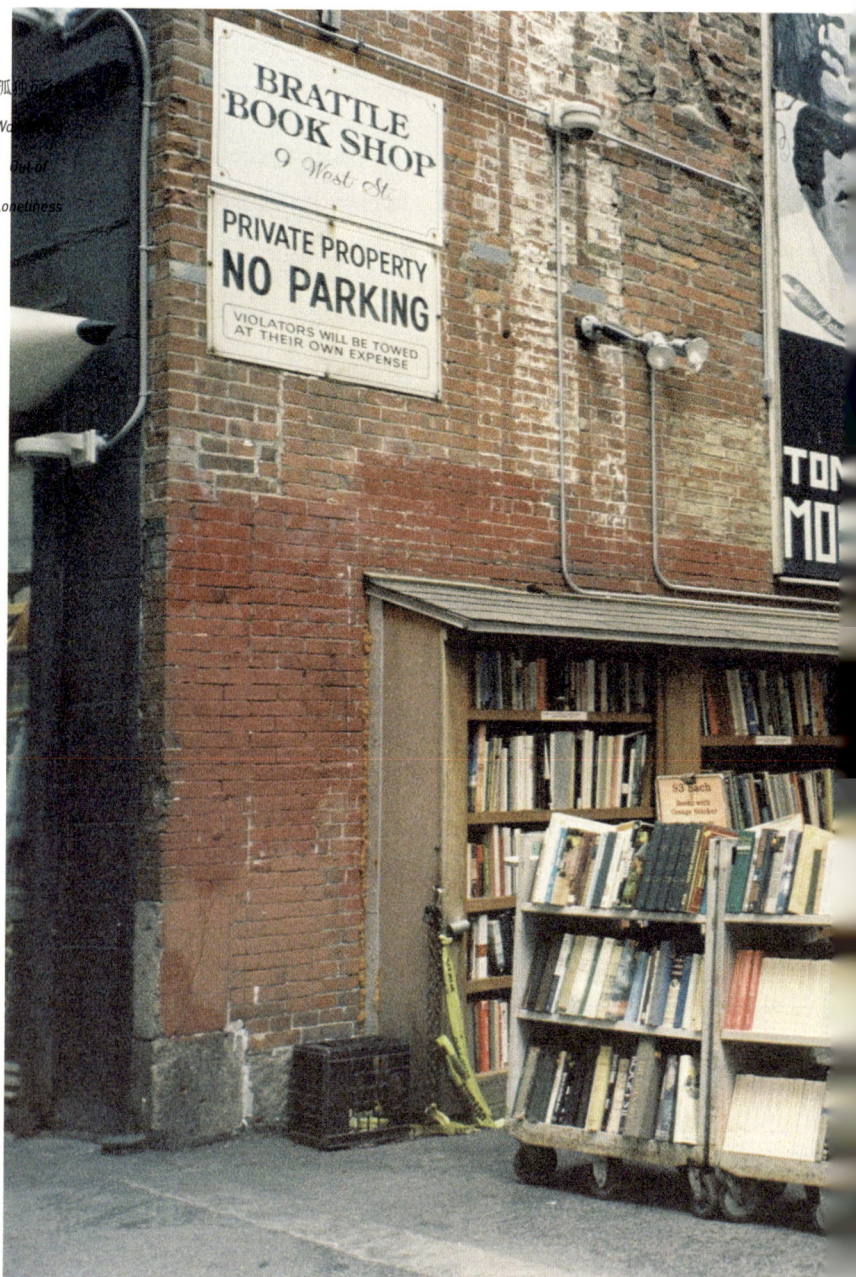

孤独的
Watching
Out of
Loneliness

有关婚礼

对孩提时的我们来说，"婚礼"是多么遥远的一个词。

小时喜欢玩"过家家"，年少无知地举办过很多次婚礼，不出意外，小区里的女孩应该一半以上都嫁给过我一次，小孩子胡闹，哪里懂得婚姻的神圣。

携手，相爱，到老。

三个看上去很简单的词，需要一辈子的时间来验证。这是长大后很久才明白的道理。

我很少参加婚礼，仅有的那么几次也总是影响到我，虽然我暂时未婚，可是无论心中想不想结婚，只要到了婚礼的现场，依旧会为那样的幸福泪流满面。婚礼的场面无须盛大，场地也未必是在高级酒店或者著名的餐厅，只要双方是对的人，你便能清晰地感受到新人之间浓浓的爱，哪怕只有五分钟，也仿佛这个世界可以为他们静止，于是你也在想，是不是应该考虑下结婚了。

老家的婚礼通常都是大场面。小时候跟着父母去乡下参加婚礼，要先从我家赶早出发搭车到武汉集合。所有的亲戚借此都聚在了一起，来得早的会先在路口的小馆子里点上一碗热干面或牛肉粉吃起来，边等边聊聊家常，爱喝酒的亲戚可能已经在喝酒了。如果换成现代大都市的年轻人，其实就是吃着西班牙的 Salami（萨拉米）喝着香槟等着婚礼开始，时代虽不一样，我们经历的其实都一样。

租一辆大巴开到武汉郊外的黄陂，小时候一直觉得乡下老家很神秘，那里车不多，一个村子也只有两个小卖部，货物有限但陈列得比城里更好看、更用心，叫不上名字的各种辣条和浪味仙穿成一条挂在铺子门口，隔壁村子的阿姨下午都聚集在小卖铺门口吃瓜子打毛衣唠家常，与其说是小卖部，不如说更像是一个活动中心。

总有一些不太熟的哥哥姐姐对我很好，拉着我去这个神秘的小卖部买东西给我吃，偶尔还有机会去田间跑一跑，看看那些叫不出名字的花花草草。有时候亲戚还能开船带我们出去钓鱼，那时候没什么污染，湖北多湖自然可以吃到新鲜美味的鱼。

从家走到湖边大概十分钟，跨过两个小土坡就能到。秋天的湖北郊外格外美好，清晨的薄雾在湖面慢慢散开，一直连到了远处的树林，农民都是这样靠着大自然的馈赠代代相传。

三姑六婆以及远方亲戚一堆，常常分辨不清，胡乱地叫人。

婚礼都是从糖和瓜子开始的，在村子的小学操场，邻近的村子里熟悉的人也来凑热闹，携家带口的阵仗很大。

大圆木桌上面铺了一层薄薄的塑料桌布，稍微起风边角就会被吹开，通常这种大型婚宴都有专门的师傅负责，可能需要长达一周的时间准备，炉子用泥巴和水泥砖搭建而成，所有的厨具到了这里都放大了一倍。因为要做十几桌的酒席又要保住口感和新鲜度，通常一个村里也就一两个大厨可以胜任，如果手艺好，有时还会被邻村的拉去，很抢手。

红红蓝蓝的塑料板凳，七大姑八大姨坐下先抓起一把瓜子，话还没说完就忍不住把瓜子往口里送，瓜子皮都吐到地上，总归有人会打扫的，操场经历一场酒席像打仗一般，不过神奇的是第二天一早又恢复了它的原貌，除了一些煤灰，你甚至不知道这里刚刚举办生过一场盛大的婚礼。

湖北的婚宴必定是蒸菜先上的，粉蒸肉、蒸糯米丸子、蒸藕夹、蒸炸丸子、蒸鱼丸子、蒸肉糕……湖北的蒸菜品种有三百多种，从鲜货到蔬菜无一不可蒸，通过餐桌上蒸菜的数量便可以判断这家人的经济情况和婚宴水平。

对年纪小的我们来说，吃不是重点，来玩才是去乡下参加婚礼的期盼。也就是在那一次，我看到结婚的姐姐在台子上哭了出来，当时我还想结婚这么高兴的事为什么要哭呢？

现在想起来，那哭红双眼的姐姐应该是幸福的。

第二次看到在婚礼上流泪的是我的三妹。三妹和我一起生活在小镇的军区大院，从小说着武汉话。大院的人因为特殊的历史原因，在这里一待就是一辈子。

三妹和老公高中便认识了，简单来说他当时就是小镇的古惑仔大哥，打架喝酒。三妹觉得认识一个这样的人在学校走起路有光，没有人会欺负你。原本我以为他们就是玩玩打打，结果一直从高中到大学毕业到工作，竟不离不弃地走到了一起。

不知道三叔内心是否真的愿意把宝贝女儿嫁给这个"古惑仔"，但对父亲而言，天底下没有什么比女儿开心更重要的了。

我还记得婚礼的那天早上，我去送三妹出嫁，讨红包的环节肯定少不了。三叔坐在卧室里，"古惑仔"推开了门，整个屋子都沸腾了起来，欢呼声、要红包的喊声、迎亲的叫声连成了一片……如此热闹中只见三叔独自坐在卧室里，他那天看上去特别失落，好像有很多话想说又打住了。我不知道当时他的心情如何，女儿终于长大成人要嫁出去，看着她身穿白色的婚纱，听着"古惑仔"喊他一声爸，然后牵着我妹的手走到跟前，他一脸的落寞看不出神情。只见妹妹拉住了三叔的手，说："爸，我走了！"

这四个字，让坐在那里的三叔顿时泪流满面。所谓人生的五味杂陈应该就在此刻吧。

生活就是这样，所有单身的人想结婚，所有结过婚的人偶尔又有些怀念单身的日子。

参加过一场在美国举办的婚礼，格外特别。

不远千万里到了秋天的波士顿，相识十几年的好朋友在那里结婚了。我们是在哥哥张国荣过世那年认识的，那时候我们都还是学生，聊的全是对这世界好奇的梦想。

因为喜欢音乐以及各种怪异的文艺电影，很容易就熟络了起来，相约晚上去喝酒。

春末的武汉已经大排档满街，这是一座有些江湖气的城市。我们在医院边上的小酒馆里畅聊人生。我还记得菜都是我点的，卤水毛豆、干煸藕丝、干锅腊鸭莴笋以及很多瓶啤酒。

好朋友性格内敛不爱聊太多自己的事情，更像是一个很好的倾听者，我一直觉得要找到一个倾听者并不是易事，因为需要足够的耐心和默契度，无论说什么都守口如瓶，好朋友就是这样。

酒过三巡，我说："有一天我们要是离开了这座城市，会有人记得我们吗？"好朋友笑了笑说："应该会有吧，其实离开这里到底要去哪儿，谁也不知道。"

一个小时后，手机里收到很多关于张国荣哥哥离开这个世界的短信，那是一个科技还不算发达，也没有智能手机，网络也才刚开始流行的年代。

因为太过清晰，所以我一直记得那家小酒馆以及我们当时以为是愚人节搞笑的短信。2003年，一转眼就是十几年，然后过了两年我们都已经离开了那座城市。

后来他不远万里去国外读书，虽然不常见面，聊起来却是熟悉的，我们彼此都经历了很多情感的波折。然后有一年我去纽约出差，他来看我，炎热的8月，我们在纽约中央公园散步，看着眼前热夏的纽约一对对的情侣，我说："你应该遇到一个相爱的人，然后就一直生活在这里。"后来他笑着对我说："一定会的。"

就这样又过去了两年，收到他的短信说，要结婚了，在离纽约不远的一座城市。

没有思考地买了机票，决定去千万里之外参加他的婚礼。

初秋的波士顿，整座城市的风都是幸福的，长途飞行一夜未眠，可能是因为太高兴，又或者第一次到国外参加发小的婚礼，心里满满都是羡慕和祝福。

总以为婚礼可能就是一个仪式，宣誓、拥吻、喝酒、散场。到了大婚那一天，我和澳大利亚来的 Jimmy 格外紧张，甚至比新郎还要紧张，因为几个小时后他就要迎娶自己爱的人，开始一段新的人生旅途了。

好朋友租了一艘邮轮开到黄昏的河岸旁，我们穿着西装等待着船载我们出发。

下午五点多，小提琴的声音慢慢从船尾响起，所有的亲戚朋友不远万里来到这里只为见证这场婚礼。

就像看过的美剧一样，他们在海风中说道："从今天开始相互拥有、相互扶持，无论是好是坏、富裕或贫穷、疾病还是健康，都彼此相爱、珍惜，直到死亡才能将我们分开。"

欢呼声划破了长空，慢慢消失在一片壮烈的夕阳余晖里，我们要等多少年才可以在此相遇，又或者需要多大的勇气，揭开人生新的一幕？

所有的人都湿了眼睛，我们以为生活中渺小的、微不足道的情感，在婚礼现场还是被感动了。

美式婚礼比较轻松，主要就是以喝酒为主，伴着微风，我们在海的中央漂来漂去，父母已老，不管你最终和谁在一起，幸福才是最重要的。

黄昏最终被拉进了大海，烟火升起，所有的人都在船上喝到微醺。

好朋友站起来挽着年迈的母亲，步履蹒跚地伴着邓丽君的《漫步人生路》跳舞，老外们自然是听不懂，而我们看在眼里感动在心里。

那一天我喝醉了，做了一个梦，关于幸福的梦。

无论你愿不愿意，我们都要相信我们会幸福的。

无论生活多么现实，我们依旧会相信爱情这件事。

孤独远行
Wandering
Out of
Loneliness

遇见一些
温暖的人

在上海住久了你很容易熟悉这座城市的一切，喜欢的酒吧餐厅、好朋友以及工作，而在上海的很多朋友大多都不太喜欢北京，我却格外相反，我对北京有一种莫名的情感，这和城市有关又或者无关。

有关的是很多好朋友生活在那里，我们经历了许多事情似乎只有这座城市才能给予，与这座城市无关的原因也许是，如果他们不在这里了，我们的情感还会如常吗？

北京的初秋是我最喜欢的季节，如果运气好，赶上天气微凉，更是令人神清气爽，树上的柿子挂满枝头，三里屯北小街的叶子也都黄了起来，如果在外面吃烤串，坐到深夜总禁不住秋凉缩缩肩头，这是我印象里的北京。

每次去北京，最期盼的是到河马食堂吃顿饭，说是食堂其实是家，因为不对外营业所以并不是每个人都可以吃到，想去那里吃饭必须通过我或者我身边的朋友才能带去。河马是贵州人，喜欢日本的器皿和菜肴，所以在他的烹饪中，有贵州味道也有日本味道。

每次说要去吃饭，他都提前几天准备，我很想吃但又多少觉得有点抱歉。有一次带着刘同去了河马食堂，他知道我们好酒，特别备了几瓶好的葡萄酒。酸汤猪手，自己腌制的各种小菜摆了一大桌子，很多菜肴都是需要时间慢慢准备和烹饪的。

河马家不大，进门穿过一道布帘就能看到铺天盖地的书，从生活美学到文艺文学塞满了整个书柜。第二多的就是器皿，我没有问过他到底买了多少器皿，只见铺天盖地的盘子碗堆在眼前，随手拿起一件都是艺术品，而且河马经常使用这些器皿，并不是单纯地为了摆着好看，毕竟食器使用起来才有真正意义。

茶泡好了，河马独自在厨房做饭，我们闲聊中忙着拍照并研究他看了些什么书。

我们买了一大束向日葵带过来，房间里有了些植物，生气也浓了不少。植物架上还有他自己泡的一些小菜，这日子过得有滋有味。

酒足饭饱他又忙着上自己做的甜品，茶早就泡好了，一口下去解解酒乏。

临走时他总是说，下次一定要来吃哦，然后塞给我们几个他从贵州带来的调料。

所谓温暖，我觉得应该就是这样，熟悉又不做作，简单又无须牵肠挂肚地想如何去报答。

一年的大部分时间里，我都是在世界各地飞着，偶尔在旅行的途中遇到陌生人，他们会和你攀谈几句，从哪里来，到我们的城市干什么，甚至遇到过一个大姐主动推荐了纽约有什么好喝的咖啡店，不管我去不去，这样的旅途想起来都是温暖的。

而偶尔在陌生的城市里停留，有幸遇到老朋友，这座城市就变得熟悉和温暖起来。

是的，我们一直期望遇到一些温暖的人，同时也告诉自己要做一个温暖的人。

　　10 月去墨尔本工作后在这里停留了几天，每次来澳大利亚都赶上很冷的天气，这次也不例外，三个好朋友从悉尼专门飞过来陪我待了两天，悉尼人对墨尔本热不热爱从天气就显而易见，三个人同时说："怎么这里如此之冷，我们悉尼多么温暖啊。"

　　看来，如果不是来看望我，他们也不会常来墨尔本的。

　　每个人都会对生活有着不同的定义，如果你身边有一个爱做饭、会插花、会拍照、会写字，偶尔还爱喝点小酒的人，我想你们很容易就能成为好朋友。

　　我和安东尼相识并不是因为他的小说或者是改编的电影《陪安东尼度过漫长岁月》，也不是他的照片或者厨艺，而是因为酒。

　　酒是一个好东西，可以小酌也可以微醺后聊聊心事，爱喝酒的人通常性格也比较随和，而我们两个人似乎一直都在飞，有几次他来上海相约喝酒，最后都无果，这次来墨尔本出差，当然是要在他的地盘约着小酌几杯。

　　他是一个性格很谦和的人，聊他爸妈的农庄，聊他在英国学插花，也聊我们都喜欢的飞行体验，很熟悉也不啰唆，像和一个老朋友重逢。

餐厅是我选的，路边的一家西班牙菜，酒是他选的，非常自信地觉得会好喝，顺便也推荐了一个酒庄建议我们明天去看看。

租了一辆小车，沿着海岸线开到 Mornington（莫宁顿）的酒庄，安东尼推荐的酒庄关了门，于是索性继续往前开，遇到一家不错的就停了下来，一车的人没有任何意见就自然地下了车。

酒庄不小，自己种植葡萄，也有小菜园子和一个看得到风景的餐厅，我们喝着起泡酒看云在身边慢慢飘过去。

有些朋友已经认识快十年了，无论在哪里遇到都会有一种温暖感，这种温暖是需要时间细水长流出来的，比如 Jimmy 和 Ray。

认识 Ray 在上海，重庆人，毕业后来了上海，爱的人也在这座城市里，第一次见他是在一个展览，他青涩的样子像是大学刚毕业的学生，他不喝酒但是也想结交一些新朋友，就这样陪着我去了几次酒吧，每次喝一杯就满脸通红。

做服装相关的工作却并不爱，爱的人即将去澳大利亚读书，他也打算一起跟随，那时候我已经 28 岁，早就过了为爱放弃工作闯天涯的年纪了，而 Ray 意志坚定地决定要出发。

半年后他去了澳大利亚，学生收入不多，平时兼职帮当地华人杂志写一写东西，做杂志也是他的梦想。这类故事通常都能想到结尾，为爱走天涯，结果爱的人离开了他。

独自回到中国去了北京，从一个最普通的编辑做到了高职位，在一切觉得最好的时候，他决然地辞去工作移民去澳大利亚生活。

到了澳大利亚后他和 Joe 一起创立了自己的香薰蜡烛品牌 BLACK BLAZE（澳大利亚知名香氛蜡烛品牌）。在一个夏天，我收到他寄给我的快递，上面写着：这所有的味道都是来自旅途中遇到的，松木、冰川和空气，希望你喜欢。

闻着蜡烛，我想着一个人的世界观其实可以很大很大，当你觉得你拥有一切的时候，依旧可以放弃重新开始，直到真正地找到自己所爱。

Zoe 是我以前的同事，移民去了墨尔本，我们应该有四年没见过了，也刚好因为这次工作在墨尔本相遇，约了一家小酒馆吃吃喝喝。

临走的时候她递给我一个袋子，里面都是各种保健品，结果打开后发现她竟然把每一种保健品的疗效、吃法都手写在了一张纸上。

"护肝片一天一次，一次两粒，深海鱼油一天一次，这部分是给父母吃的……"

有些感动我们无法用言语来表达，就像是这些字，简单
又温暖。

每年都会去一两次西坡山乡度假酒店，说去山里更像是
回家。
秋天的莫干山有着最美的颜色，开车不远就能看到金黄
色的稻田和河流，身边则是绿意葱葱的竹林。
管家小毛说他老了，我说其实我们都老了，在西坡这样
一晃就过去了四五年。
依旧深夜在外面烧起了火，播着老歌喝着酒，抬起头看
到满眼是星空。

中午小毛带我们去吃面，店铺很小只有四张桌子，一口
锅子烧了十九碗面，从切菜到煮面都是两个人来完成，味道
也是完全根据经验来判断。
吃完了面把汤也喝完了，都说爱喝汤的人心也是暖的。

我们总是会在旅途中遇到一些人，短暂停留又或者是长
期生活在一起。
我们总是会遇到一些温暖的人。
就像是这汤，据说爱喝汤的人，感情都很丰富。

爱丁堡，
生活在电影里
的城市

搭乘 BA1444 航班从伦敦飞往爱丁堡，下午时分，天空中的云朵像一面面镜子浮出水面，这是我的爱丁堡旅途的开始。

毫无计划地买了张机票，订了酒店就出发了，有时候我很爱这样突如其来的一个人的旅行。可以不用顾虑同伴的想法，可以自在地到处闲逛胡吃海喝，也不必在乎今天会不会喝醉。

爱丁堡这座城市，出现在无数的电影中：《一天》《云图》《达·芬奇密码》《猜火车》……

相信曾经你也一定被这些电影中的喜怒哀乐

所感动，也许我需要专门写一篇爱丁堡的电影世界，这么想着，我的飞机也即将抵达这座如电影一般美丽的城市。

刚一降落爱丁堡机场，苏格兰的气息便扑面而来，不同于伦敦的高楼大厦，这城市由不远处的山脉一袭而成，我不禁猜想，到底有多少人在这里爱恋过，离开过，又回来过呢？

住进熟悉的爱丁堡 Sheraton Grand Hotel & Spa（喜来登水疗大酒店），虽然偶尔会因为太过熟悉而有些无聊，但是对一个人的旅行来说，这样是最舒服和放心的选择。下午的时候还可以去酒廊喝一杯，比起不少美国酒店，英国酒店工作人员对服务业的敬业让人佩服，酒廊都有专门服务员给你倒酒。

想起有一次在旧金山的某酒店酒廊，好奇地发现所有爱喝酒的老外都没有在喝酒，走近一看原来有一张小卡片，三美金一杯葡萄酒，你说贵也不贵，但是全世界的这家酒廊都是免费的，只有在美国除外。

这个时节，日本的樱花季早过，出门转转却惊讶地发现爱丁堡的樱花开得正好，街道边大片大片的，在阳光下格外好看。

一个人旅行，除了没人给你拍照，有时候吃饭感觉孤单外，大部分时间都是非常愉快的。

你可以随心所欲地在博物馆待上整个下午，不去管同伴是否有兴趣，或者在古城里找一家小咖啡馆发呆，尤其是路过《哈利·波特》诞生的那家大象咖啡馆，本想进去坐坐喝杯咖啡，想想当年 J.K. 罗琳是如何在这里创作的，可现在这里已经成了每天都会有全世界的粉丝前来膜拜的景点。

J.K. 罗琳自己肯定也没想到大象咖啡馆今天的样子，不知道是喜是悲，生意固然好，也平添了喧闹。

在旅途中遇到一些陌生人，他们有的生活在这里，有的如我一般经过长途飞行短暂停留，而旅途的快乐有一半是和这些陌生人相遇。听着苏格兰风笛，看着他们的生活。

虽然苏格兰的菜式单调，但你无须担心在爱丁堡吃不到美味的食物，尤其是亚洲菜，不仅多且做得还很地道。如果独自旅行，晚餐最好预订一下，不然肯定要和我一样吃闭门羹。

买了书和香薰蜡烛，还有红酒，逛完一天的景点独自回到屋子里，准备在窗边看书写稿子。这种暂居异乡的生活，我一年里有上百天都是如此，也许没有人在意我是从哪里来，今天心情如何，甚至连我自己也没有想过如果我原本就生活在此又会怎么样。

带上两小瓶起泡酒准备徒步到爱丁堡的最高处亚瑟王宝座。周末的午后，路上到处都是带着家人和狗狗来散步的当地人，沿途的山上开满了叫不出名字的黄色花朵。一个人慢慢爬到山顶看天色渐暗，这一天其实是最平常的一天，但微醺的日落是我整个旅途里印象最深的一刻。

我在思考着什么，听着什么样的音乐，和这座城市息息相关。

旅行，就是用自己的眼睛去看一场电影。

孤独远行
Wandering
Out of
Loneliness

孤独远行

Wandering

Out of

Loneliness

III

那些对爱无关紧要的事

1

有些情感没有走到最后也许并没有实质性的原因，

大概只是时间不对，人不对，

又或者其实是你根本爱得不够。

在特定的时间里，你骗不了自己，骗不了心，

虽然心明明还疼着，还爱着。

2

总是习惯睡前在她的床头放一杯水。

3

孤独的人都留在了黑夜，

所以白天带不走他们的寂寞。

Chapter 4

你敢否与世隔绝

To Live

Wandering Out of Loneliness

印度，最美丽的悲伤

　　当我站在夕阳下宏伟的庙宇前，成群的大象在红色的夕阳里慢慢走到山下，天空中成群的鸽子飞过头顶，我看到这个曾经辉煌的国度在眼前美好的暮色之中，此时此刻已经不在乎这个国家到底有多么脏乱差，也不会在意身边的人是谁。

　　像很多人一样，我爱上过这里，书本中描绘过的宏伟的宫殿、辉煌的过去早已经消失在历史的尘埃中，留下来的是岁月沉淀的忧愁和美好，这也是旅途的一部分。

　　早在五年前我便有过要去印度旅行的想法，

好朋友们都觉得不可思议，还有朋友在朋友圈说一辈子都不会去这个地方，在大部分人的印象中，形容印度只有三个字：脏！乱！差！于是，在各种不理解中我暂时放弃了印度行程。

再一次把去印度提上日程是因为去了一次斯里兰卡，那是一片非常神奇的土地，烟雾缭绕的茶园，开凿在山洞里的神秘庙宇，坐落在海边的度假酒店，隐藏在山谷中的城堡遗址，当时我就在想，如果这样一路去往印度会是什么样的旅程呢？

另外一个原因，就是两个我认为非常爱干净、有洁癖的朋友竟然去了一次，而且回来之后对印度的历史、人文称赞有加，说食物也很好吃，全然没有提脏乱差，一脸陶醉。我不禁想，到底印度有什么魔法让去过的人如此念念不忘，还想再去？

于是我调整心态，趁着印度的电子签证开放，赶紧订了机票酒店准备出发去跨年了。

旅行肯定是不能犹豫太久的，久了就真的无法成行。

计划的路线是从上海出发—新德里—斋普尔—阿格拉—上海，因为不知道旅途中到底会发生什么，所以打算先去窥探一下陌生的印度。若是有趣下次再去孟买方向，若是不好玩就当是冒险的猎奇吧。出发前一周，还有好朋友问我有没有打疫苗，并说洗澡不要唱歌等……

从上海飞往香港转机，接着再从香港飞往印度首都新德里，国泰航空一直都是长途飞行的首选，安全稳定，还有好吃的亚洲菜和看不完的电影。

新德里在恒河支流亚穆纳河的西岸，飞机划过天际停在了英迪拉·甘地国际机场。

德里本是一座古老的都城，繁华又充满了历史感，经过长年累月的扩建已经变成了一座现代化的城市，这里被称为新德里，用来区别于老德里。

德里和老德里中间隔着一座印度门，印度门以南为新德里，印度门以北为老德里。

很快就见到了我们的导游，说是导游不如说是管家。因为没有计划，所以租了一辆车载着我们玩，租车公司会根据我们预订的酒店来安排行程。车内为五个人提供了免费的面包、饮料和小吃，还有免费 Wi-Fi。就连司机都配备了一个副驾驶员，不知道是不是想让我们感受印度服务业的传统和热情，好得有点超出我的预期。

小巴士行进在 12 月的傍晚，去往酒店的街道上处处堆满了脏乱的垃圾，空气中满是浓烈的雾霾，走到哪里都有喧闹的人群。这大概就是印度。

入住酒店后，我们昏睡了一晚上，准备养好精神第二天早上再骑车去拜访老城德里。

想要快速了解一座城市，骑行是一个不错的选择。清晨的新德里还沉睡在烟雾缭绕之中，很多人点上香开始了一天的修行，不少男人站在路边用水一次次地冲刷着自己的身体。路过早开的肉店，案板上堆满了几百只被砍掉的、鲜血淋漓的羊腿，血就那么肆意地流到了地上，一直顺着地势延伸到了不远处的垃圾里。驴子拉着小车在路上跑，还有人骑着羊悠闲地散着步，上班族则开着高级小轿车穿梭其间，明明是那么不同的生活方式，在这里看来却如此和谐。和谐，才是最真实的印度，我们只是这里偶然的访客，而他们生活在此日复一日。

骑车带路的姑娘中途停下，带我们去喝路边的奶茶。刚开始我的心里还有些打鼓，因为来之前已经脑补了不少拉肚子的案例，十分担心旅行就此打住。可是奶茶店家实在太热情，我又被阵阵奶茶香诱惑，于是在微凉的风中喝了一杯，带路的姑娘一直鼓励我，看到我小心翼翼地品尝然后脸上惊喜的表情，她也笑起来。味道果然十分醇厚，奶茶里放了豆蔻和生姜，混合在一起煮了出来，生姜可以杀除病菌，而豆蔻能提出奶的香味，据说，这是他们每日的饮品之一。

我们穿越到了类似电影《贫民窟的百万富翁》里黑暗狭

小的楼梯，穿过很多人居住在一起的楼顶公寓，看看带着雾气和烟熏味的德里早晨。

时光一定眷顾过这座古老的城池，无数的寺庙和壮丽的陵墓散落在城市中心，穷人们衣不遮体地睡在路边，他们的贫穷和痛苦连掩盖都不用，赤裸裸地、震撼地呈现在你面前。

这是新德里新的一天，也是他们生活中微不足道的每一天。

斋普尔

相对新德里我更爱斋普尔，尽管这里比首都更混乱更糟糕，但"粉红之城"依然用她盛极一时的文化与历史吸引着我。被誉为"玫瑰之城"的斋普尔在历史上曾有过一个巨大的玫瑰园，那是曾经喜爱玫瑰的王公贵族建造的，想象一下在最鼎盛的时期，这里的人穿着争奇斗艳的印度传统民族服饰，无数的珠宝和绸缎披挂在身，玫瑰花丛中远远看上去仿若一幅画，安静又美好。

随着帝国的衰败接踵而至的是王室的颠沛流离，多少人死在了玫瑰花下，又有多少人走上了不知归途的逃亡之路？

斋普尔的玫瑰园早已随着岁月的雕刻慢慢荒芜在尘世间，只剩下这城市随处都可以看到古老历史遗留下来的美好印记。

现代的生活也必不可少，各种手工小店散落在街边，茶馆、咖啡馆和书店让整座城市又充满了艺术气息。

琥珀堡矗立于斋普尔的山顶，居高临下气势非凡，山脚下护城河围绕城堡，城堡的四周环绕着蜿蜒的高墙，像我们的长城。在古代，城堡里曾养育了几百只大象，大象成群结队地载着达官贵人慢慢爬上城堡之巅，欢祝庆典或者是商议国事。城堡里最美的莫过于镜宫，用玻璃嵌壁，绚烂夺目，据说这里曾是王妃的住所，不知道又有多少印度版的《甄嬛传》在这里上演过呢？

斋普尔三面环山，远远看上去这座在山中的城市林木葱茏，无数楼阁庙宇，掩映在绿树丛中，也许在古代还有各种飞鸟异兽出没。那些达官贵人为了吹吹风，看看外面的世界，于是就修建了经典的"风之宫"，像极了只有在动画片里才能看到的样子。

风之宫建于1799年，如果不走进去的话，从外面看起来它更像是一面"墙"。牌坊形式的建筑外墙上密密麻麻地布满了953扇窗，这是以前用来供宫中深闺的妇女们偷看外面的花花世界所用，无数的彩色玻璃透过阳光折射出流光溢彩的美妙景象，但在炫目的光影背后却隐藏着无数的忧愁，深官内院的寂寞谁又可以懂。

阿格拉

在印度的最后一站来到了全世界人都会来朝拜的泰姬陵。

阿格拉是印度北方邦西南部的城市，在亚穆纳河西岸，两度成为印度最昌盛的莫卧儿帝国的首都，也是千百年来最浪漫的爱情故事的发生地，一个国王为自己心爱的妻子耗尽国库，修建了让世人震惊的绝美陵墓。爱一个人，愿意花一辈子的时间修建一座陵墓，在今时今日简直就是天方夜谭。

泰姬陵是沙·贾汉为纪念他的第二任妻子穆塔兹·马哈尔修建的。1631 年马哈尔死于他们的第十四个孩子出生之后，当时年仅 39 岁。沙·贾汉极度伤心，决意花重金从欧洲请来无数的能工巧匠，耗时二十二年为爱妻修建陵墓。直到 1653 年这座陵墓才被建成。

每个人都对去泰姬陵的时间有自己的想法，导游建议是早上，理由很简单，相对人很少，不过我觉得也许夕阳中的泰姬陵更美好。最终我们还是听从了导游的安排。

早上淡淡的薄雾又或者是雾霾笼罩着泰姬陵，远远看上去确实有点像仙境一般，宏伟的外表之内则要简单很多，陵墓里面空空如也，只有阳光照射在大理石上投下的影子。

虽然那么多辉煌的历史、建筑都慢慢消失了，好在传统文化在印度都得以保存，从服饰、饮食、熏香到手工艺品，他们自有一套生活哲学。在印度，很容易看到他们曾经的辉煌和现在的贫富差距，喧闹的街头一边是高级餐厅、酒店，另外一边则是满街乞讨的人们。这人世间的美好，因为岁月而变得悲伤，很想问问他们是否同样感到过悲伤。

在印度吃什么

如果你已经体验过世界各地的美食，那么请一定要来印度开启你的味蕾新宇宙。很难用一句话形容印度菜，几百种咖喱，不同的烤肉，各种各样的馕，让人眼花缭乱。这里也是素食主义者的天堂，每一家餐厅都标有素食菜单，对海鲜的烹饪也独具风味。不过，这里可选的肉不多，主要是羊肉、鸡、鱼和虾，据说有些高级酒店会有牛肉，既然牛是他们的神，还是尊重少吃为好。

孤独远行

Wandering

Out of

Loneliness

孤独旅行

Wandering

Out of

Loneliness

人淡如茶

第一次喝茶是偷喝大人们的，陶瓷杯子上印着工厂的名字，每次看他们先吹散茶叶，然后用茶杯盖一遍遍地刮去茶杯边上的残余茶叶，最后再皱紧眉头喝下一口，慢慢地把茶杯放回去，觉得也挺有意思的。喝茶和喝酒不一样，通常他们喝茶都尤为慢，不知道是不是茶水太过滚烫，还是内心觉得喝茶就应该讲究这品味的过程。有一次我看得入神，有个叔叔把我叫到一旁，吹了吹茶叶再刮了一下送到我嘴边，我却一口就吐了出来。

苦涩、滚烫，还有一种难以形容的味道，不像汽水那么美味，也没有凉白开那么易入口，从那以后，我就对茶这种饮品一直很疏远，甚至一直将其归为老人家、不时髦的人才会喝的东西。在我心中可能有潜意识在作祟，年轻人是不可能会爱上喝茶的。

一方水土养一方人。在湖北，喝茶的习惯肯定比不上福建、广东、云南、江浙，也不像成都有那么多的茶馆，可是这流传千年的茶文化之所以还能在这里延续，一定有它的原因在里面。只是当时的我太过年轻，还不能够理解茶的深层含义。

后来之所以对茶产生兴趣，是有一年去福建旅行，前一日一直喝酒喝到凌晨两点，直到第二天都持续性地觉得胃里翻江倒海般恶心难受，我觉得很多人都像我一样，喝醉后发誓再不碰酒，过不了几多时日却又开始贪杯起来。而那一次，好朋友 Ivy 给我送了壶茶过来，说是自己家里泡的茶，口感甜美，适合宿醉的人。在福建，好像家家户户都有一些关系拿到特别的茶，我琢磨着有点像是法国的波尔多，每个人都知道哪些小酒庄的酒品更好。于是茶也成了福建人最好的会友方式，无论去哪里，你都会发现大多数福建人的包里都有一两包茶，类似香烟一般普遍，想想也对，餐厅和茶室的茶哪里比得上家里的好喝。

Ivy 给我带来的那壶茶很特别，一打开茶壶，就有浓郁的茶香味扑鼻。只见她慢慢地拿起壶将茶倒入茶杯，茶汤顺着

空气缓缓流淌进杯中，一抹淡绿色，清澈见底，整个房间都
弥漫着这样的茶香味。我端起茶喝下去，整个胃都是甘甜芬
芳的，刚才还在翻江倒海，此刻却如同得到某种抚慰。我问
Ivy："这是什么茶？"

"铁观音。"Ivy 说。原产自福建泉州市安溪县西坪镇，
铁观音是茶名也是茶树品种，介于绿茶和红茶之间的半发酵
茶类，那是我第一次对茶产生了强烈的兴趣。

喝茶的人和喝酒的人有很多相似之处，都会有瘾，只是
前者较为安静，可以看书打坐，可以修身养性，也不容易太
过贪杯，后者喝多了则会较吵闹，并且不易控制情绪，也容
易伤身。

可是从喝茶这个层面来说，我还只是一个婴儿，只能辨
别好喝不好喝，类似品酒，很多人也只能告诉你甜一些、干
涩一些，没有太多讲究。不过我觉得这样也好，有些东西就
算你并不知道背后的缘由，也不妨碍你享受那美好的滋味。

***

之后有一年，泉州的朋友邀请我去过元宵节，顺便小住
几日，我随口就答应了。

泉州不大却历史悠久，自古以来都是通商口岸。元宵节的泉州，整座城市张灯结彩，早上起来朋友带我去吃饭，就在楼下的小馆子，如果不告诉你肯定会错过。粗糙的水泥面的店铺里，摆了三五张桌子，十来把椅子，没有菜单，全部靠自己直接找服务员点菜，这里只招待熟客。

好朋友为了我叫了一碗泉州卤面，据说是为了让爱喝酒的人先暖暖胃，吃饱了肚子再开始喝酒，蚝肉、胡萝卜丝、虾仁、鱼卷……接着端上来花生酱和少许盐，还有一道泉州名吃油炸卷煎，外酥里嫩，因为可以卷不同的东西，每一家卖的味道都不太一样。最后我们又要了半只盐焗鸡和一碗花生汤，茶则是朋友自己带的岩茶，他边冲茶边笑着说我肯定喝不惯。

泉州菜以汤水和鲜味出名，这里有我一直念念不忘的卤味，在一个没有名字的摊头吃过一次，说是摊头，不过是一辆小车，老板就推在那里卖，给你一个小盆装满自己喜欢的食物，然后他们再切好打包给你，配茶配酒都不错。

朋友带来的岩茶我是第一次喝，茶汤和铁观音不太一样，气味醇厚，为暗红色。后来朋友告诉我，岩茶主要产自福建武夷山，那里雨量充沛气候温暖，清代《续茶经》就有记载："武夷茶在山上者为岩茶，水边者为洲茶。"特殊的地理环境造就了岩茶的美味，拿起茶杯入口，我仿佛又尝到了孩提时叔叔递过来的那碗苦涩难喝的茶汤口感，想必好朋友也不会拿太差的茶招待我，只是我暂时没有评此茶好喝的理由。

酒足饭饱，一群人驱车去海边散步，好友话不多，他喜欢喝茶也爱饮酒，土生土长的泉州人，去过大城市但更爱生活在家乡。天色渐渐昏黄，好友提议不如去山中一坐。清源山是泉州的名山，山上泉眼众多，植被茂密，开车到山下，天色已经快暗下去，寺庙叫势至岩，不知道是不是参照《观无量寿经》里的白叙："大势至菩萨以独特的智能之光遍照世间众生，使众生能解脱血光刀兵之灾，得无上之力。"

一个小和尚来开了门，告知住持正在见客，要我们先去茶房休息喝一杯茶，茶室对着一片幽静的山谷，小和尚烧了水倒了茶，从山上打的泉水，茶还是那岩茶。

所谓的暮鼓晨钟，应该就是此时此刻的景致。不远处的清源山，夕阳染红了山谷，空气中满是寺庙的香火味和茶味，和眼前树叶的芬芳交集在一起，你只能听到鸟儿和风的声音，慢慢地把一口岩茶喝下去，好像也没有之前午餐时那么不好喝了，少了一丝苦涩，回甘则多了几分鲜甜。这个时候住持走进门，一直说着抱歉，看我爱喝茶他也顺便多加了一杯。

据说他曾经家财万贯，后来一心修行。寺庙不大，却布置得井井有条，一草一木一砖一瓦都是由他亲自挑选，每天粗茶淡饭看书学习，收到的香火钱大部分也都会买一些食物送到山下的穷人家。住持说给钱太直接，解决温饱有时候更有效，贪婪会让我们变得对一切都充满了期待和欲望，但是欲望终究没有终点，不像这茶，只会越喝越淡。

我虽然没有什么修行，但和大师在黄昏的山谷里聊了一会儿，顿时有些豁然开朗的感觉。所谓开朗是对生活中的很多难题，感觉有那么短暂的瞬间，似乎都被放下了。好友开车下山时，我靠在车窗边，吹着山风，满口仍旧是茶香。

所谓品茶应该就是这般，在不同的年纪经历不同的事情，哪怕同一杯茶，你也会品出不同的味道。

告别福建之后，我开始慢慢喜欢上喝茶了，可能也和年纪有关，你开始慢慢理解茶背后的故事，那些由时光和岁月沉淀下来的所谓茶文化，我想都是从舌尖、从心头开始。

***

也曾有过一些以茶为目的的旅行。还未上路，就已经充满好奇和激动。从上海到昆明一路飞了三小时，短暂停留一晚之后，接着飞往普洱，然后坐四小时大巴前往澜沧，只为寻找那一缕茶香。路途虽然辛苦，可当你满身疲惫地抵达后，自然的美好纯净会让你忘却所有辛劳，你也会发现，一切都是值得的。

大部分人对普洱茶的印象都只是觉得它可以暖胃、帮助减肥，以及炒到天价的价格，这样一些片面的看法。事实上，如果每一种茶都是一种人的品格，普洱茶则尤为特别。从采摘到品尝，从存放到运输，这些手工艺都经过了千百年时间的传承，与澜沧千年的古茶园一起，成为这个时代最难得的闲暇。都说茶品人生，喝一杯上好的普洱茶，和喝茶的人聊聊天，你会觉得时间都慢了下来。

澜沧地处云南南部，东临澜沧江，山河水滋养下热带植被丰富，其菜肴多以酸辣甘苦为主，在那几日吃了很多少数民族的菜肴，当中有很多都叫不出名字的花，因为酸辣油重，普洱茶正好可以解其腻味。这样的饮食方式，千百年来在古茶山，在山谷马帮的铃声中，以普洱茶搭配美味佳肴，最终流传至今。

有一日晚上在小河边吃了很美味的鱼，然后去澜沧古茶厂玩。这个有着快五十年历史的茶厂，以景迈千年万亩古茶园为依托，拥有七千多亩优质茶园，在工厂工作的人们和这片土地都有着深厚感情，还没进门我们就被厂里的兄弟姐妹们的火把给震撼到了，他们以少数民族载歌载舞的方式迎接过来，在夜风微凉的春天晚上喝了点普洱茶，还在现场遇到了"茶妈妈"，听人讲她是"全球十大普洱茶杰出人物"之一，60多岁还在一线制茶，不得不由衷佩服这里的人对茶那种近乎痴迷一生的热爱。

度过了一个热闹的晚上，第二天一早来到景迈山的芒景村，一入山，少数民族的朋友们便开始祭祀茶神，像我这种在城市里待久的人却对茶山有一些茫然。很多品茶人席地而坐，自己煮水，路过的人如果愿意也可以来分一杯。爱喝茶的人也喜欢分享，不介意你的工作、性格，只是奉上一杯茶然后继续上路。

祭祀同样有着浓烈的开场，作为杨丽萍大弟子的虾嘎用哈尼对着茶山猛烈地敲起神鼓，鼓声震耳欲聋、气势非凡，听着鼓声蔓延在山谷之中，再从山谷传来回响，再喝一杯茶，也许这便是古老的茶人对普洱茶山所要表达的感激之情。

然后一群人徒步去澜沧古茶的茶园，也是我第一次采摘新鲜的普洱茶，还在树上找到了传说中清热去火的"螃蟹脚"。从懂得普洱茶的制作开始，茶园千年来养育了一代又一代的山民，从采摘到炒茶、烘焙都使用传统的手作，他们对这片土地充满了无限的感恩之情，喝的是茶，也是情，所谓茶人匠心。

在茶厂工作的人基本上都是待一辈子。第二天晚上，工人们听说我们不远千里而来，执意邀请我们加入他们的联欢晚会。刚开始还有一点不好意思，毕竟入乡随俗说起来容易做起来难。刚刚进入夜晚，步入茶厂门口，当地的音乐人已经点起了火把，像是过年一般地欢迎大家回家。

我们放下了手机，像回到了小时候，不管你唱得怎么样，跳得怎么样，所有的当地人都把自己家里的民族服装穿了出来，一边载歌载舞一边尽情地喝着酒，我第一次尝到了用普洱茶泡的酒，看着这群采摘了一辈子茶喝了一辈子茶的人，仿佛茶已入心。

***

都说旅行的人漂泊久了会想家，对我而言，漂泊久了会想起家中的那一杯茶。春天的时候，最期待的事情莫过于去浙江的山里，感受一下自然的纯净与季节的变化。正好好朋友从荷兰回来，用他的话说："原来春天已经这么鲜了。"是啊！去山里呼吸一口空气吧，也看看山里的居民，喝一口春茶。

西坡虽然不是第一次去，以前也在书里写过，但今年赶上莫干山难得的大雪天，甚至专门开了车前来小住几日，这旅馆于我更像是家一般亲切。到了春天，万物复苏，山上的植被从枯黄慢慢变成绿色，花儿也开满了山头。到了房间推开窗户就是满眼的绿色，你自己也感受到了浑身的活力。

管家小毛说去山头喝杯茶吧，其实是想顺便讨点酒喝，但几个人穿过劳岭隧道又爬了一小段野山坡，眼前的一切还是让我们震惊了。店家精心准备的下午茶就在一处半山坡上的天然露台。一览众山小，对着壮阔的自然美景，喝茶的，喝酒的，哪怕带着工作的，都在这儿悠然自得。

第二天从西坡开车去杭州，此时正是采摘明前龙井的季节，既然一路茶香都闻过了，更应该去喝一杯茶。杭州法云安缦酒店挨着灵隐寺，穿过植物园开一会儿车就到了。平日来杭州，如果不是周末，偶尔也会去喝喝茶。茶馆价格合理而且面很好吃，我点了一碗荠菜馄饨、一份乌龙和一份水仙，热好壶沏好茶，饭饱之余看着满园春色来一杯茶消食，不一会儿就下起了雨来，伴着春雨安静地待在那里也很舒服。

如果说"西坡"是藏在山里，"山舍"则是大隐隐于市，好朋友是第一次来杭州，等我带他来到山舍，他甚至不确定我们是否真的住在杭州市区里。

但山舍的后山我从来没去过，店家宛君说后山其实四季皆美，今年冬天还下了一场大雪。虽然下雨的天气不太好，大家还是冒着雨上了山，很多采茶人刚好收工，龙井的茶香弥漫在半山腰，不远处的西湖则藏在云雾里。正是清明时节，扫墓的人祭拜过先人，开始吃起了供食，也少不了喝一杯龙井茶。我想起陈淑桦的《流光飞舞》："抱一身春雨绵绵。"是不是几百年前，他们的故人也是这般坐在树下远眺着西湖美景，吃着自己做的餐食，品一口龙井茶，听着雨声？

我一直在想，所谓人淡如茶，其实不过是对生活坦然的态度，你辛苦地工作有时候是为了喝一杯好茶，但对山里的人而言，这不过是日常。生活有很多的样子，茶会让你的心境慢下来，慢下来之后，很多事情都会释怀，像是这山中的风、四季的茶。

温暖你的胃

你的一日三餐都是怎么解决的呢？叫外卖？自己做饭？吃食堂又或者带家人做的便当？

食物和人的情感真是息息相关，喜欢吃什么样的食物和喜欢什么样的人区别不大，哪怕有时候你假装自己很爱某种食物，就像假装爱一个人一样，时间久了要么妥协习惯，要么就是干脆放弃，这其中的微妙关系只有自己才能够明白。

湖北人爱吃米粉，但被湖南的牛肉米粉占据大半个江山，然后湖北人自己做了改良，于是有了红油米粉、三鲜粉、猪肝粉等。小时候上学，我家附近有一家卖炸酱粉的，我每天的早餐费是两块钱人民币，那碗粉我记得是一块五，因为不想把全部的钱都放在吃这件事情上，可是又太钟情这碗米粉，所以每周我都会奖励自己可以去吃一碗炸酱粉。

所谓炸酱粉，就是用炸酱面的浇头来打底，牛骨头汤和米粉为主料，加入少许辣椒、葱花和醋就成了一碗美味的米粉。初中快毕业的时候，米粉店关了，让我伤心了很长一段时间。关于这碗粉的事情，我从没有和家人说过，也没有和好朋友说起，像是要自己去慢慢品尝独享秘密的味道。

天一冷，便很想吃点温暖的食物，就像是找最温暖的情人一般，吃什么并不重要，即使是路边的小店也能约上三五好友，无论是烧烤还是火锅，哪怕只是一碗拉面都会让胃暖暖的。当然如果能配点小酒围在一起谈天说地，那更是冬天该做的正经事。

中国人喝酒太在乎吃这件事情了，于是就有了各种各样的下酒菜，似乎干喝酒并不是待客之道，又让人觉得难以下咽。好像看美剧的时候必须要摆上一份芝士或者一碟坚果便可以看一晚上，很多人听起来都觉得不可思议。

在日本，有很多像《深夜食堂》那样的小居酒屋。如果你刚好住在东京的新宿，很容易就能找到一条条隐藏在喧闹都市里的小街道，很多上班族每天下班后最期待的就是去居酒屋喝一杯，吃一点烧烤和关东煮、毛豆，最后再来一份煎饺和拉面，一天的忙碌也随着食物一起烟消云散了。

烧烤遍布于我们国家的大江南北，但不同区域的口味千差万别，我特别爱湖南湖北、四川重庆和云南贵州的烧烤，口味重且种类繁多。就说烤鱼吧，都是活鱼装在水桶里，杀了洗洗上一些香料就开始烤了，鱼皮烤得焦黄，一口下去，里面却鲜嫩无比。

有一年在青岛旅行，发现北方的烧烤和南方不太一样，主要以小串和内脏为主，鱼和蔬菜不是主打。青岛的老城高高低低地走过去别有味道，和几个朋友散步到老城的巷子里找烧烤吃，因为并不是每天营业，所以有时候需要碰运气，也没有具体的名字，大概只能用路名来代替烧烤店的店名吧。

要了一些烧烤和啤酒，青岛的啤酒都是类似氧气罐的罐装，只有当地人才知道一厂和二厂生产的好喝。一口冰爽的青岛啤酒就着烧烤下肚，在微凉的青岛老城，连桌子都摆在高高低低的坡边，别有一番味道。

也有很多地方，是靠一碗面或者米粉来征服这漫漫长夜的。湖南的米粉和贵州的羊肉粉、云南的米线都是我的心头好。

在长沙的晚上喝了酒去找粉吃就像是成都人带你去吃串
串一样，每个人的内心都有一张自己的米粉排行榜。对我而言，
粉是一部分，汤头才是最重要的，像是好朋友说的，爱喝汤
的人感情丰富，我大抵就是这样的人吧。

在一个个漫长的夜晚，都是这些暖心的食物温暖了我们
的胃，陪我们度过了那些或艰难或快乐的美好时光。

生活的减法

　　都说人年纪越大压力也越大，都是在生活，为什么有些人可以快乐逍遥，而有些人却每日背着压力向前。毕竟生活是我们选择的，想要什么样的生活在自己的心里早就有了答案。

　　早就忘了生活的压力是从什么时候开始的，只是在忙碌紧张的生活中总觉得有什么东西是我们所淡忘的，可能是操场上奔跑的少年，又或者是久违的天真灿烂的笑容。在城市楼宇里最重要的生存准则之一便是学会背负压力，唯有这样才能进步，于是我们不断地给自己增加新的技能、新的爱好和朋友。

在很长一段的时间里，我们的生活都在这样一个没有尽头的加法里度过。

读书成绩不好？那就上上补习班；喜欢的人追不到？那就多努力一下；想要的包买不起，那就再存一点钱……

慢慢地，包袱越来越多，似乎越来越看不到未来。

所有的加法都来源于我们的欲望，欲望有多强，压力就有多大。

可是到了一定的时候你会发现一些细微的变化，有些人离开了城市去山里定居，也有人开始做一些喜欢的简单的手工来维持生计，看上去都很难，可是他们很快乐。

什么时候才能开始学着做人生的减法呢？这是我在最近三四年才开始思考的问题。

前几日收到一封读者来信，问的是关于她高考失败的问题，未来如何走下去？

说实话，我很难三言两语地告诉她该如何走下去，毕竟我既不是心灵鸡汤的作者，也不是职场达人，只能用有限的阅历告诉她高考不是人生的全部，而懂得生活，掌握一两门技能，多读书，尽可能地去看世界才有可能开启新生活，但愿她能够理解吧！

因为我也不是高考拿了高分进了名校的那一类人。

我小时候不太爱读书，反而到了30来岁才发现有很多东西都想学，有很多书都想看，有时甚至觉得时间紧迫。最近很想学网球，身边的朋友却极力反对，理由无外乎是损伤膝盖啊，很晒啊，很辛苦啊等。可是我想，目前唯一会的技能还只是游泳，再学学网球有什么不好呢？

高考不过是人生中的一个转折点，完全不必十分在意对你的未来影响到底有多大。

20世纪90年代后的年轻人，正是对未来充满迷茫的年纪，不知道将来要做什么，会成为怎样的人。但其实，很多人的人生好像早已被设定好了一般。

我的一个堂弟，因为叔叔对他疼爱有加，所以他从大学选志向到参加工作，家里早已为他安排好了，就连需要自己打拼的房子也都买好了。按说堂弟应该无忧无虑、按部就班地生活下去，可是他依旧不快乐。我问堂弟："抛开目前的工作，你最爱的是什么？"他想了半天说："打网游。"

我说："那好！你愿意辞职或者利用现在的工作间隙去学习如何制作网游、安排剧情吗？"他迷茫地看着我摇摇头。

拥有不易，失去更难，况且大家都说人生没有后悔药可以吃，于是这样的舍弃变成了一种断舍离。

我们在温室里生活了太久，偶尔遇到了风浪就会显得格外脆弱，最近两年我被问的最多的就是离开媒体后你过得好吗？那些媒体人都干什么去了？我想说我过得挺好，甚至很好。

格局不一样了，思考的方式也不一样了。不是说离开媒体就彻底不做媒体了，大部分的媒体人依然在写着拍着，做时装开店铺，为什么？

因为内心的坚持和喜欢，而且他们学会了做减法。

这里说的减法绝对不是让你去虚度光阴，放弃一切，那和废人没什么区别。

我想说的是既然人生不能什么都要，那就应该把精力放在更纯粹的事情上。更简单点来说，有时候一条路走不通了，停下来思考一下，再继续向前。但，很多时候，我们连做这件事情的勇气都没有。

最近经常给好朋友洗脑的一句话就是：我们都30多岁了，真正可以享受快乐的年纪只有短短二十多年，50岁往后考虑更多的是疾病和养老。

反过来你问我，现在不努力以后怎么养老呢？

我也想问问，难道我们活着就是为了赚钱让自己老去的时候不那么辛苦吗？

另外一个问题是关于旅行，因为写了旅行书，被朋友或读者问的最多的问题是："怎么样才能放下一切去旅行？真的可以说走就走吗？旅行有什么要注意的？"

说实话，这几个问题看似简单其实很难回答。说到底还是我们自己内心的建设太过复杂，这也许是和我们的教育方式有关：做任何一件事情都需要理由。旅行本来是一件开心、放松的事情，最后却因为行程安排得过满而把自己弄得很累，你说快乐吗？

在我看来，除了必须要考虑的安全问题外，旅行应该是订好机票、酒店，随时出发，当然还要请好假。哪里有那么多需要顾虑的事情。所谓放下，其实旅行真的无法给你任何实质意义的解脱。说走就走当然是不负责任的旅行，偶尔任性一次可以。

这段时间住在山里，看到四季的变化，看到很多我们曾经忽视的生活细节，因为季节更迭的微妙变化而感动。

人们年复一年，日复一日地做着单调重复的事情。山上那家小小的咖啡馆，无论刮风下雨，店主都一样站在那儿微笑着迎接来喝咖啡的人，安静的时候独自看书煮茶，人多的时候忙里忙外。

想起那年在澳大利亚的塔斯马尼亚岛遇见的一对夫妻，他们平时在学校里教书，到了暑假便专职负责在户外带小朋友漂流。可能同一则注意事项、同一种植物介绍讲解了无数次，可因为每次面对的小朋友都是新鲜的面孔，我始终看得到他们极富感染力的笑容。这些看来机械、重复的工作，因为人与人的互动和参与变得生动有趣，只需要我们学会用复杂的思维来做单纯的事情。

人生啊，真的需要做一些减法。不然，你每天在拥挤的地铁里，在工作的抱怨中，无数的开会、加班里，很快便会消耗掉你的青春，如果真的是这样，为什么不先停下来，好好想想自己真正需要的究竟是什么。

你说呢？

孤独漫步
Wanderer
out of
Loneliness

关于遗憾

上海春天的雨好像下不完，早上六点抬起头看着窗外，整座城市都是阴沉沉的。

他像个中年男人，缓慢地爬起来，睡眼惺忪地沿着草编地毯走到了厨房，拉开灯，将咖啡豆倒进机器煮咖啡，很快，屋子里便弥漫着咖啡的香味。他转身打开收音机，听广播的习惯已经持续了近十年，长久的独居生活还是渴望家里有人说话，像是那些炉灶的烟火气，有了柴米油盐，家才更像是家。

生活中的一切程序都像是设定好了的。

衣柜里挂着统一的白色衬衫，如果你不注意，很难察觉这些白衬衫之间的区别。他站在衣柜前思索了一会儿，拿起其中的一件穿上，纽扣从上往下一个个仔细地扣下去。

要喝完咖啡才能穿衬衫，这是教条般的习惯，万一有咖啡渍洒到身上，对于上班族简直是噩梦。这城市的一切都有规矩，有了规矩做事情单调乏味，不过也安全。

29岁的张先生来自重庆，AB血型天蝎座。

十年前毕业从重庆到上海，他面试了很多银行，最后只有一家国企要了他，一个外乡人要进国有银行不是很容易，一切都要小心翼翼，在银行里面摸爬滚打了六年后终于做到了小高管，却还是买不起房。

在他的世界里，生活除了工作还是工作，偶尔在假期背个包去东南亚潜水，或去非洲看狮子奔跑在一望无际的草原上。总是独来独往。

喜欢一个人旅行的人，是不是内心有着只属于自己的孤独?

在这座城市里，有很多张先生，他们从不同的地方来，月入一两万，说一口流利的英文，朋友不少能约的不多。

偶尔周末去喝一杯，第二天去餐厅吃个早午餐，生活稳定又安逸，有点波澜不惊，遇到一个喜欢的人结婚却不见得富足。

一米七九的个头穿起西装来格外好看，圆圆的脸庞，皮肤甚好，板寸短发留着胡楂，只用固定味道的香水，只去固定的餐厅吃饭，只穿白衬衫。

在他的世界里，很多东西是不可改变的，工作上小心翼翼，而爱一个人，可能也是如此专一。

总是觉得一个优秀的人单身总是有自身的原因，年纪越大越害怕约会，可是孤独感也越明显，或者只是世道不好。

周五的时候，张先生约了网友在富民路的 Dr.Wine 酒吧小聚。

酒吧不大，上下两层楼，出售一些优质的红酒和小吃，张先生偶尔下班也会来喝一杯再回家，在熟悉的地方约会安全。

网友是在豆瓣上认识的，因为都喜欢一个音乐人，于是借着聊音乐的机会你来我往地写了几次邮件，他们没打算探讨更多的东西，因为意义已不大。

约出来喝一杯，理所当然。

网友相貌普通，起码和豆瓣相册的照片有差别，谈不上美也丑不到哪里去，就是在地铁里遇到也不会留意的样子。

在国企上班，却有着一颗向往世界的心。

点了一瓶新西兰的 Chardonnay（霞多丽），有着丰富的水果芬芳，酒像是这约会一般，从期待变成了一种喜欢。张先生主动倒酒，他习惯照顾对方了，这样的男子像是稀有动物生活在这座城市里，有品位，收入可观，相貌英俊，可是为什么还会单身，谁也想不明白。

酒喝了两瓶，开始微醺，聊的无外乎都是旅行和工作，不谈起过去，也不想聊感情，只是说说八卦，谈笑风生之余他约了对方到自己家小聚。

两个人一前一后地走着，张先生在前面抽着烟，网友慢慢地跟在后面，也不用说话，就这样挺好的。

开了红酒，播着 Jazz，灯光调暗，点了 JO MALONE（祖马龙）海盐味道的蜡烛，房间有了熟悉的味道，内心也变得温暖起来。

张先生轻抚着她的脸，慢慢亲了下去，他曾经也希望过有这样一个人可以一直陪在身边。只是现在的关系来得那么容易，谁也不会重视珍惜，也许明天后他们依旧只是豆瓣好友而已。

三瓶红酒换来了一夜缠绵。

一早网友走了，张先生光着身子站在房子的阳台抽烟，烟圈在头顶慢慢散开，健硕的臀部靠着阳台，一旁是他自己种的迷迭香和薄荷，因为打理得好，还可以摘下来烹饪。一个人来，带来了味道，一个人走，房间里却留下了陌生的味道。

洗了澡，身上是 Aesop（伊索）佛手柑的味道，独自在桌子边喝咖啡听广播。

网友留了字条在桌上：今天晚上十点在襄阳北路的酒吧见个面吧!

这样的生活仿佛过了十年。

你说寂寞吗？当然会。你说想恋爱吗？当然也是想的。

可生命就是在不断地约会、上床、吃饭、喝酒、分手中磨灭了。

慢慢地，他习惯了一个人，一个人吃饭，一个人去旅行，一个人久了，多一个人多少有点难。

张先生没有去襄阳北路的那家酒吧。

关于遗憾，我们有很多的事情可以弥补，唯有自己的心不行，一个人生活看似辛苦，但最令人恐惧的是遇到一个并不那么爱的人便将就着生活了下去。可能这才是多数婚姻的常态。

　　人的年纪长了一些，胆子也小了不少。

帕劳，与海为伴的唯美孤独

这些年，经常听到朋友说这座海岛沦陷了，那座海岛沦陷了，越来越多的海岛给咱们开了免签。可是那些海岛美是美，距离却实在遥远，有的还要先飞到南非或者美国再转机，可能还没度假呢，就已经在飞机上晕过去了。

如此长途的舟车劳顿也会让我质疑，真的有必要长途飞行到世界的某一个地方去看看海岛吗？可是没有人会真的拒绝海岛，当你下了飞机沿着海岸线前行的时候，所有的疲惫都会烟消云散。

想去帕劳看看是否真的那么美吗？你们知道，旅行爱好者和摄影师有时候会把旅途中的美无限放大。查机票的时候才知道国内并没有直飞帕劳的航线，需要到首尔、香港或是澳门转机，而且酒店预订和当地出海都很麻烦。这样看来，相对于其他旅游服务已经十分成熟的海岛国家，帕劳还是非常淳朴自然的。我这样想。

朋友推荐了网上备受好评的"漫漫浪帕劳旅游"给我，我个人一向是比较拒绝跟团游的，但因为别无选择也只好带着半信半疑的心情，在没有计划没有攻略的情况下，怀着期待和疑虑上路了。

帕劳共和国位于太平洋上，是一个很小的岛国，1994年才从美国的托管统治下独立，目前还没有和中国建交。

整个岛国的支柱产业是捕鱼和旅游，简单来说这里除了出口台风，其他都需要进口，奇特的是，虽然国家不大，但人均国民收入是邻岛的几倍。人均GDP高达8900美金，应该是太平洋岛国里最富有的国家之一吧。

从上海飞往香港后搭乘帕劳太平洋航空，香港每周有几班包机飞往帕劳，澳门也有美国动力航空，都是听都没听过的野航空公司。因为一直怀疑帕劳太平洋航空是廉价航空，所以心中十分忐忑，结果上了飞机后发现毛毯、枕头和餐食饮料一应俱全，服务员全部来自台北，脸上始终保持微笑，而飞行员都是老外。大概四个半小时的飞行距离，一直都很平稳，如果在两个航空公司之间选择的话，个人推荐帕劳太平洋航空。

有趣的是，因为位置是固定的，并且是包机，往返途中邻座都是同一个人，感觉很适合单身的人在飞行过程中交到朋友。

刚一下飞机人就被热炸了。帕劳机场很小，只有几个检察官，对了！去帕劳我们只需要来回机票，无须签证就可以说走就走哟！排了将近一小时的队，疲惫不堪地出了关，看到"漫漫浪帕劳旅游"的车等候在门口才稍微安心一点。

接待我们的全是中国人，你知道我们全是从小被骗到大的，特别是没少被同胞骗过！于是在上车前还是对这次旅行将信将疑，小伙子一直执意要我先上车，行李他来拿，然后就这么被拖去了酒店，很快我就发现我的疑虑是多余的，他们真的非常热情、开朗、全心全意地照顾你。

很多人像我一样第一次来到帕劳，无论你带着多么炫酷的手机，到了这里也基本无法使用，好不容易到了酒店，结果发现网络也是慢到想哭。导游告诉我们，帕劳全国的网络只有20M，我听到后，无奈地看到很多每天出海回来的男孩女孩坐在没有冷气的大堂，忍受着高温用大堂的免费网络，有的人还敷着面膜，发出去九张照片竟然是在求神拜佛，收邮件和看视频就更不要谈了，来这里就一心一意地享受蓝天碧海的假期吧！

帕劳是潜水者的天堂，对不爱潜水的人来说简直是人间地狱，为何这么说？

我一早吃完早餐就准备跟团出海了，来这儿的人通常都会报一个三日的出海潜水项目，从易到难。出发的时间是早上九点半，比起那些一早还没睡醒，八点就要出门的团，这个显然更贴心。导游在车上讲解了一些基本常识，一个团通常有12个人，我观察了下比韩国日本团要少起码五六个人，全程中文服务，哪怕不会英文也没有关系。

整个帕劳由两百多座火山岛和珊瑚岛组成，所以你可以在这儿待上好几天领略海岛之美。第一天的潜水项目比较温和，只是教大家浮潜的基本常识和垂钓，我和另外几个小伙伴在海里等了一小时什么都没有，同行的一位女孩却收获满满。海钓多少需要一些耐心和运气，而且并不是所有的鱼都能吃和捕捞的，小一点的都必须放生，这样才能维持海洋的生态。

抵达第一个浮潜点后，导游很热心地带着每个人游了几圈，确定大家没事后开始去做饭，我们中午的海钓成果也变成了美味的烤鱼和鱼汤。实在很佩服这里的导游，能上山下海还会烹调美食，在接下来几天里，除了做烧烤，还包括在海岛上吃火锅，做泡菜炒饭等，花样之多真是令人目瞪口呆！

你试着想想，游完泳后，躺在无人的沙滩上吃着火锅烤鱼，饭后还有水果和咖啡，这样的假期真是太美好了。

那天去了我最爱的帕劳水母湖，这里拥有世界上唯一的无毒黄金水母，你可以和几千万只水母一起游泳，可以轻轻地摸摸它们。（切勿挤压和弄死它们，会有高额罚款！据说以前就有同胞捏破了它们！）

爱美的男孩女孩当然要去传说中的牛奶湖。由于这个区域火山活动频繁，火山喷发后的火山灰沉积湖底，形成一层厚厚的火山泥。导游帮我们打捞这些火山泥涂满全身，做一个火山泥SPA（水疗），最后再跳入水中冲洗掉。

除了独一无二的景色外，帕劳也是世界上珊瑚品种最丰富的国家之一。你还可以在导游的带领下去位列世界七大奇观之首的"海底大断层"，领略90度垂直度落差到2000英尺的壮美海底景观，无数的珍奇珊瑚绵延不断地在你眼前出现。小丑鱼和海龟在你身边游泳，自在愉快。不过，有一天去看鲨鱼就把以前的印象颠覆了，在大海中看着鲨鱼在身边游来游去，气都不敢多吐几口。

旅行就应该是自己去体验这些大自然的馈赠吧。

同行的船友有三口之家也有蜜月情侣，唯独我是一个人，因为三天都在一起，很快就变成了好朋友。说来也有趣，第一天大家都是紧绷着，见面打扮得美美的，可是因为要下太多次水，到了第三天大家都懒得收拾了，随便大风怎么吹啊吹，反正都是一家人。

喜欢帕劳，喜欢这里的简单和纯粹，工作的同胞每天和大海为伴，也许孤独，但是绝对特别。我想，在人生中的这一段时光对他们或者我都意义非凡。

孤独远行

Wandering

Out of

Loneliness

IV

那些对爱无关紧要的事

1

在最美好的时光里相遇，

在最窘迫的光阴里一起吃苦，这才是理想的生活吧。

2

深夜的航班抵达这座城市，她发短信给他说，

累了，不想再一直飞下去。

他说，不想飞就辞职待在家里吧，哪怕一段时间也好，

我会照顾你。

3

有时候回想起她，

头发有一种好闻的味道，可能有一天你开始了新的生活，

可是那味道一直留在了我心里。

Chapter 5

温热如故的痴心

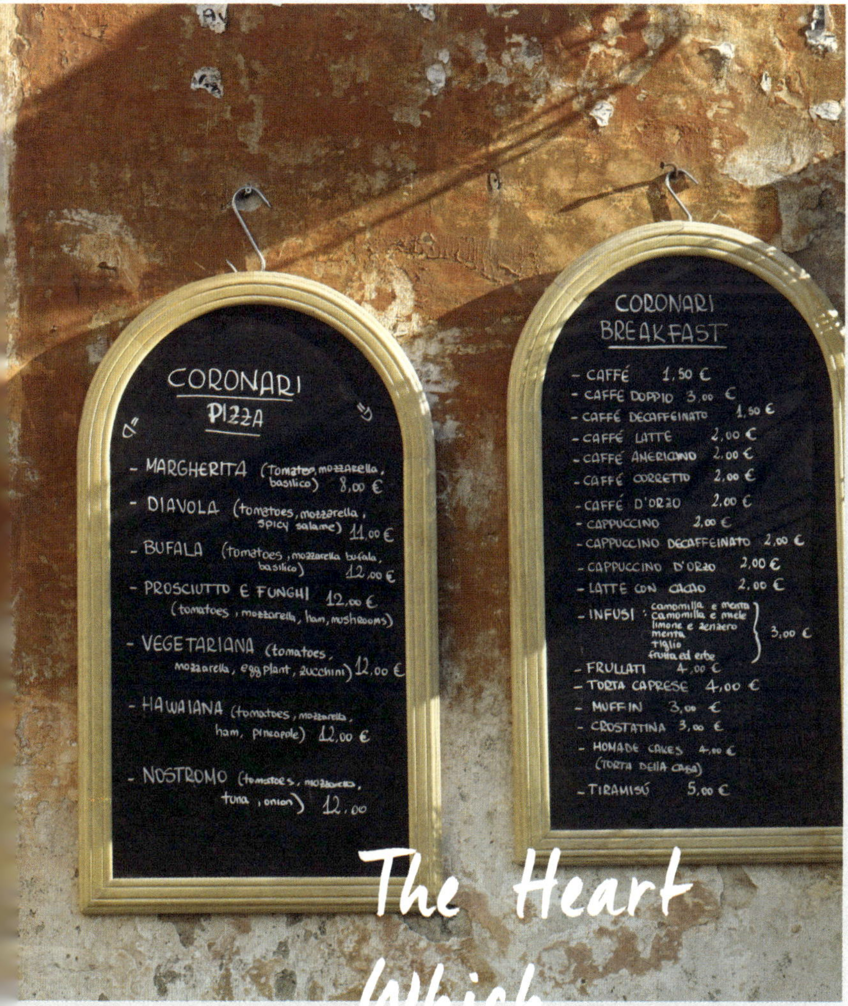

The Heart Which Yet is Warm

Wandering Out of Loneliness

喜欢一个人，
没有结果
又如何

每个人在年少时都会经历一段或几段年少轻狂、天不怕地不怕的爱情，曾经觉得那样的爱恋才是值得一辈子的。回头再看，除了怀念那时的美好，更多的是羡慕那个"恋爱大过天"的自己，起码那个时候爱得起输得起。过了30岁如果还没结婚没谈场恋爱，身边的朋友便有些不太理解。我周围单身的朋友不少，可能够走到一起并不易，年纪越大越挑剔，谁都不想这样随便就结婚过完这辈子。

读大学的时候谈了一场恋爱，因为是异地恋所以每天只能靠电话、邮件来交流，结局一定可想而知，大二分手的时候哭得稀里哗啦，当时我还傻傻地说以后再也不会爱上任何人，再也不会谈恋爱了。可人怎能抵挡得了寂寞，一年后我还是恋爱了。

前几天在家看了由同名小说改编的电影 Me Before You（《遇见你之前》），讲述的是一个家境优渥的大帅哥因为车祸一夜间变成残疾，爱上看护的故事，情节虽然很老套，但我还是挺喜欢的。电影的拍摄大部分是在英国完成，除了人物的穿着打扮，影片中的风景也有很大的卖点。

看电影的时候我一直在想，人要到什么时候才可以学会喜欢一个人，哪怕没有结果也无所谓？

我想那一定是要经历过无数次分手、约会、跌倒和成长，有时需要几年甚至十几年的时间来面对生命中猝不及防的那些爱恋，而很多情感到最后也不过是轻轻地被放进了心里，不再回头看。

前段时间和一个好朋友聊起来，她说单身太久了想赶紧嫁掉，害怕自己这样等着等着就老了、累了，再也不想嫁了，可这茫茫人海，哪里说嫁就能嫁掉呢？

有些事情急不得，一旦变成了任务或者急于求成，就往往事倍功半。我们总是希望自己的感情生活也可以像电影故事一般，找到喜欢的人安静快乐地度过一生，可是现实远没有我们想象的那么简单和轻松。

在上海有车有房有事业的好朋友，年纪不小了，过了35岁后工作更加忙碌，也更要谨慎地挑选结婚对象。不婚，只是一个选择。其实，女生也大抵一样，不是不愿意嫁，而是先观望着，门当户对的标准从古至今都没变过。

也就是在昨天，收到几年前一起去澳大利亚工作的Stephanie的喜帖，三年前她也说了一样的话，说自己可能再也嫁不掉了，那时的她肯定想不到三年后自己幸福的样子。在婚礼的现场，我眼泪差点都要掉了出来，哪怕你再冷漠，参加婚礼也会被现场的氛围所感动，祝福他们幸福下去。

就像王菲歌里唱的：

有段时间只在黑暗中张望，也曾经在钻石上熠熠发亮，一粒尘埃在尘世中的日子，就这样……

有时候爱一个人，其实没有结果又如何，只是我们少了一点勇气而已。

我们爱的能力

这几天一个人在爱丁堡，三五天的时间，短暂又美好。

住在爱丁堡城堡对面的酒店，挨着酒廊，每天晚上五点半到七点半酒廊提供免费酒水服务。英国人在人们的既定印象中或许比较刻板，但他们提供的服务比美国人更加亲切，酒廊无须自己倒酒，有专门的人为你服务。带上一本书独自躲在酒廊最里面，不一会儿来了四个年过半百、穿着浮夸的老太太，英国人对下午茶和晚宴可是半点都马虎不得。她们的声音很大，很难假装她们不存在，调整呼吸静下心来也总被她们一次次的大笑所打扰。

这四个人应该是结伴旅行，单身或者抛开丈夫小孩来一次姐妹间的短途周末之旅，聊的都是琐碎，熟悉得好似一辈子的话都说不完。

因为我们的位置在酒廊的角落，服务员有时会忽略这里。于是，斜对面的大姐出马了，她穿着一条吊带裙，身体已经发福到吸气也很难保持裙子平坦的地步，她起身找酒，自己先倒了一杯喝了起来，服务员见状赶紧跑过来给其他三位老太太加了饮料酒水。

随后而来的是一个服务员，一边唱着"生日快乐"一边端着蛋糕朝我们的方向走过来，整个酒廊的人的目光都被吸引到了这里。我害羞地放下书，直起身，跟着一起唱了起来，拍手祝福，像是为自己的好朋友庆祝生日一般。蛋糕上的蜡烛代表的是 60 岁。

原来这四位老人相约在爱丁堡给好姐妹过生日。看着她们欢笑着围坐在一起，我竟突然有点想流泪，为她们如此亲密的友情岁月。不知道几十年后是不是也有一帮朋友陪着我在异乡，吹着蜡烛，许着也许只是身体健康的愿望。

时间那么残忍，把一个美丽轻盈的少女变成臃肿迟钝的老人，这四五十年间经历过什么唯有她自己知道。时间又是那么多情，即便青春消逝，容颜老去，感情却如酒一般沉醉香甜。如果没有这漫长的一生时光，又怎么知道你的陪伴对我来说如此重要。

在旅途中总是有机会遇到陌生的朋友，大家从不同的城市来，一起相聚在陌生的地方。

我突然想起给 S 发一条信息，说："此刻在爱丁堡，看到几个老人在一起过生日，好希望我们老了的时候还能够一起喝酒聊天，像上次在山里那样。"

S 是我最近两年新结交的一个朋友，热情开朗而且充满事业心，和我一样是天秤座，偶尔都会同样掉进自己的世界里。

我认识她是因为工作，以前的同事引荐我们认识，谈的是一个异乡酒店的工作。约在淮海路尽头巷弄的小酒吧，因为临近要见面又没有时间吃饭，我和好朋友便买了两个包子站在路边吃完——30 岁往后，越来越觉得人唯有为自己活着才是真实的，所以无论是穿着西装端着杯香槟和一群第一次见面的陌生人 Say Hi（问好），还是在路边摊吃着烧烤喝着啤酒，都可以是我生活中的一部分，而且，后者可能才是更加真实的我。

S 也提前到了，正好遇见吃着包子的我们。手忙脚乱地咽下最后一口包子，有点不好意思的我赶快整理了一下，像见所有合作伙伴一样，轻轻握了握 S 的手，然后三个人一起走进了酒吧。酒店之旅最终成行，S 与我们一道，在酒店所处的南方的山下，我们在深夜的时候燃起了篝火，可能是火光也可能是夜晚的作用，彼此陌生的心在那一刻被温暖到了一起，三杯小酒几个朋友，我们不由得都敞开了心扉。

她在西北长大，亲生父母在童年时抛弃了她，她便跟着养父养母生活在西北，那里有着广阔的草原和充沛的阳光，有很好的葡萄干，可能是这些让她的性格中有着自然、开朗的部分，但人生总是没有完美的，得到一些就会失去一些。就在 S 来到南方，工作顺利，就要安家置业的时候，她突然被查出罹患重疾，几乎快要了命。

流着泪，剃了头做完化疗，然后又重新面对自己的生活。

说起关于自己的故事，大家通常都是一种轻描淡写的口气，哪怕当中许多都关于悲伤，并且是过去一直藏在内心深处不愿再次提及的，等终于可以将它说出口时，却都像是别人的故事，我们只是一个一直旁观的叙述者。那一晚，在南方的山里，我们有说不完的故事，在旅途中，我们远离他乡，却又被一种陌生的温暖所拥抱，终于卸下了防备，最终打开了关起已久的那扇门。

我无法想象那样的过程，重新活过一次的过程，可能因为这样，才会觉得人生就是要好好地活一次。更多的时候，我愿意做一个倾听者，倾听属于好朋友们的世界，倾听那些陌生人的世界。就像此刻，在爱丁堡的黄昏中，S回复我说好。我看着身边这四个许着60岁生日愿望的老人，我想我们都要好好活到那个年纪，还要在一起过生日，一起祝福后面更精彩的人生。

有时候，我们微笑是不希望别人看到自己的忧伤，大部分的忧伤都应该是留给自己。

有时候，我们哭泣是为了掩饰内心的孤独，那些孤独看不到边际，你不知道将在什么地方，将和什么样的人相遇，你唯独拥有自己。

而更多的时候，我们爱，是因为害怕失去爱的能力，尽管如此，我们依然要相爱，幸福地生活下去。

我跟S说，等我们到了60岁，希望我们还能有爱的能力。

托斯卡纳，
偷来的幸福

　　飞机抵达罗马的时候，天空乌云密布，需要穿越层层黑云才看得到罗马的真身。无须质疑这里曾经的辉煌，也不必为她的衰弱而感到惋惜，生命的旅程里我们每一个人都不过是在路上的过客。想起《斯巴达克斯》里的无数斗士为了罗马而死，那悲怆足以令千年之后的我们感慨非常，原来只有罗马在时间的流逝中安静存在。

　　如今的罗马到处都是断壁残垣，说是住在一个巨大的博物馆里也不为过。
　　从罗马开车去锡耶纳是因为几个热爱葡萄酒

的朋友决定不要浪费这初夏欧洲的美好，这是我们都喜爱的
电影《杯酒人生》的情景，和热爱酒精的朋友一起上路是对
夏天最好的回馈。当我们开始一段旅行的时候，暂时放下工作，
放下固定的生活，是时候停下来想一想到底什么是自己想要
的，我想这也是旅行的一部分。

　　公路旅行的好处是你不知道接下来会有什么惊喜，随时
随地可以选择在某个不知名的小镇上短暂停留。这样的感觉
真好，不需要赶时间也没有什么计划。

　　我们这一路要去寻访好酒，年纪渐长，相识许久的旅伴
显得格外重要，因为同样的消费观和世界观决定了你们能否
有快乐干杯时的畅快。

　　意大利的红酒，历史太过悠久，酒庄的水平也参差不齐，
特别有名的可能味道更像是流水线作业，口感不差却少了一
点野味，太小的酒庄则需要靠更多的运气。

　　意大利的好酒分布在北部、中部、南部三个区域，最好
的酒基本都在北部地区，产区则是西北的 Piedmont（皮埃蒙
特）和东北部 Veneto（威内托大区），中部地区是在世界上
最有名的产区 Tuscany（托斯卡纳）。喝酒就像是买香水一般，
每个人都会有自己喜欢的方式，比如口感、瓶身设计又或者
年份，一瓶好酒可能需要几十年到几百年的时间沉淀，甚至

上一代的酿酒师都无缘喝到自己的佳酿，所以打开一瓶酒就像是打开时间的穿梭门。

托斯卡纳遍布着家族世代经营的酒庄，有一些秉承着古老酿酒方式，而也有一些酒庄的继承人开始探索新的可能，比如设计一些有趣的瓶标，开设美好的餐厅和酒店让更多的人除了喜欢托斯卡纳的酒外，更爱上这里的生活。

爱上生活是多么美妙的一件事情。

迎着骄阳前行，我们的车已经慢慢接近南托斯卡纳的锡耶纳，阿尔西亚和阿尔瑟河河谷之间的交汇处。这里曾经是历史、艺术和贸易的中心，也是兵家必争之地，最辉煌的时候可以和罗马、佛罗伦萨媲美。

独栋的山间小别墅旅馆带一个游泳池，爬山虎已经爬满了墙壁。

没有了罗马和佛罗伦萨的拥挤，这里的视野更加开阔。傍晚时分薄雾慢慢散去，山谷里格外幽静，沿路的花争奇斗艳开得正好，离小镇里的锡耶纳古城有点距离，远离喧嚣的好处就是能独享这安静的美好，没有游客也没有兜售的小贩。

车停在路边，去找我们的房东 Alessandro。从小院子穿过弄堂就是他的办公室，推开门，他正把玩着自己的相机。

他有一双典型意大利人好看的眼睛，微笑起来很温暖。看我们也背着大大小小的相机，于是话题就从相机开始，开了红酒分给我们才想起来问我们从哪里来，待多久，都吃了什么好吃的餐厅。那感觉，好像是远方的亲戚来探望他一般。

我们杯中的酒已过半，他似乎已经忘了要为我们办理入住这件事情。其实忘了也没什么不好，在托斯卡纳，时间随时可以停下来。

整个村庄只有十来户人家，Montechiaro（蒙特卡洛）酒庄是他们家自己经营的红酒品牌，他建议我们可以参加一下酒的品鉴活动，收费也相当合理。一个人八欧元，还有自家酿造的芝士品尝。

前一天刚下过小雨，地上还湿漉漉的，慢慢散步回房间，一路上都盛开着野花。

1760 年建的三层楼小别墅，去游泳池需要穿过树林，在山谷里走五分钟。房间门口的车厘子树上的果实已经完全熟透，Alessandro笑着摘了一颗放进嘴里，说这都是天然有机的，随意吃。因为无人看管所以大部分都是要自己动手，再一次为这样随性的亲和力而感动。

Alessandro 的父亲则是一个更可爱的老小孩，亲自带着我们去看他的小菜园。那里的柠檬和其他水果已经成熟，晚餐的菜肴也都是用小菜园里的蔬菜烹饪，沿着小菜园走到后面一个遗弃的宴会厅。曾经整个锡耶纳的达官贵人都曾来此参加过盛大的宴会，时间流淌了两百多年，一切都还是老样子。接着他说如果我们有兴趣还可以去参观一下狐狸洞，有很多可爱的小狐狸。

吃完饭后，买了两瓶他们家的葡萄酒回去喝。

夏天的太阳要到晚上八九点才下山。我们带着水果和他们准备的小吃，提着酒去了山谷边，夕阳染红了天际，不远处的锡耶纳城慢慢亮起了灯火。身边的朋友都没有说话，你只听得到风的声音，感受到托斯卡纳的红酒流淌在身体里的温度。

你问我什么是幸福，也许就是这一刻，我正在幸福享受着时光给予的一切，短暂地忘却了工作和烦恼。

旅行，是偷来的幸福，因为带不走，所以格外珍惜。

孤独远行

Wandering

Out of

Loneliness

遇见

重逢

我一直记得那家澡堂子的样子。

　　哈尔滨的冬天总是格外漫长，积雪在地上没来
得及被铲掉，一直被踩成硬土，每一脚踏上去都会
发出吱嘎吱嘎的声音，一步一步都要走得小心翼翼。
从我家出发，拐过两个路口，就到了那家澡堂。一
路会经过一家常年卖包子的小铺子，冬天的清早，
只有微弱的光线照着这家包子铺，没有吆喝没有音
乐，小铺里有一台电视，但总懒得开，卖包子的妇

人穿着花色的棉袄戴着紫红色的袖套，就靠在炉子边发着呆。买包子的多半是街坊邻居，吃个包子再去澡堂子泡个热水澡，是很多人很多年的习惯。而无论是洗澡还是卖包子，仿佛都可以一辈子这样下去，虽然单调，却又不厌其烦，因为好像也没有什么可以替代。

决定去澡堂子洗澡，纯粹是因为家里热水器坏了，再加上可以重温一下儿时的记忆。高中后我就离开了这座城市，和它所有的联系都慢慢变得支离破碎，只有包子的温度，经常去的小烧烤摊记忆犹新。至于我那些同学，有些甚至连名字都想不起来了，可能在这漫长的人生中，有些事情根本就无须记得。

我在路上买了一个包子。那个妇人还是一样的神情呆滞，我连着招呼了好几声，她才收起那涣散的眼神，但依然慢吞吞地将一个小塑料袋套在手上，装好包子递给我，收钱找钱也同样漫不经心。哈尔滨的包子很大，几乎有成年人的手掌大小，在泡澡前买一个刚刚好，正好用来暖暖胃。一口咬下去，散发着浓烈香气的肉汁喷涌而出，就这么滚烫着从舌尖开始，顺着食道滑入身体，即使此刻迎着寒风，整个人也瞬间暖了起来。

包子吃完，我也走到小巷子的尽头，二楼挂着一个霓虹灯，原本是"好再来"三个字，但"好"已经没有了电，只有"再来"闪烁着微弱的绿灯，要等你走近才能看清到底是哪几个字。就是它了。仿佛从20世纪70年代起就没有任何变化的澡堂子，陈旧而又腐朽，还没推门进去，就能闻到熟悉又陌生的童年味道。

在那个特定的年代，北方人去澡堂子像是一种仪式，大家收入微薄，资源匮乏，只有逢年过节的时候才可以和家里要求去一次澡堂子，成为某种具有仪式感的生活。很多人在澡堂一待就是一上午，也让这里成为交流八卦的最佳场所，市井却重要。而这家叫作"好再来"的澡堂，至今还保有那个年代的特色，占据着两层楼，一楼是女浴，二楼才是男浴，卖票的张胖子在这里干了快十年，谁是熟客谁第一次来一眼就能辨识出来，他看着我交钱买票，一句话没说，却微微点了点头，仿佛我也是个熟客一般。

我在想，和这座城市的有些联系，恐怕并不是可以那么轻易断掉的。

就在这家"好再来"的澡堂里，我又看到了他。

继承者

人世间，并不是所有的离别都会有下次的相聚。

有些人走散了，心依旧会挂念；有些人离别了，则变成
了再也不见。

有些人会随着时间慢慢淡去，你会渐渐模糊掉他的脸，
再到名字，最后是关于你与他的记忆，就像他只是在你生命
里短暂地停留过，而他是谁，曾做过些什么，却并没有那么
重要。

我曾经以为王烨超也会是这样一个人，但在"好再来"
又一次看到他时，所有的记忆却又重新找上门来。这家澡堂
子并不大，整个男浴室也就一百多平方米的样子，曾经牛奶
白色的瓷砖因为多年没有维护，慢慢有了泛黄并发黑的痕迹，
靠近窗户的一个灯泡也不知道坏了多久，一直在雾气之下闪
烁着，让本来就不明亮的浴池变得更加昏暗。整个澡堂没什

么人，我找了一个角落的位置，慢慢洗了头，然后再将整个身体浸在水池里。

这个时候我看到了王烨超。昏暗的灯光下，他慢慢从水里站了起来，消瘦的身体在忽明忽暗的环境下依然醒目。他用手刮了下脸上的水，又用同样的方式拂去头发上的水渍，然后他光着身子坐到池边，拿起水盆打一盆水慢慢地从头开始往下淋，而这时我才看清，往下淌的并不仅仅是泛白的热水，还混着鲜红的颜色。

这个瘦削的男人，此刻正满脸鲜血，闭着眼一遍遍从头冲刷着自己的身体，血水在他满脸的胡楂上略做停留，然后顺着骨骼突出的肩膀和背往下流，慢慢散开，最后落入下水管道。王烨超！三个字几乎就快要脱口而出。尽管和曾经健硕、热爱篮球及各种运动，一脸爽朗笑容的他比起来，此刻眼前的这个男人就像个小老头，我还是认出了他，高中时与我同级不同班的老同学。

但我没有开口，他也没有睁眼，依然一遍又一遍，一遍又一遍地把水从浴池中舀出，再从头往下慢慢浇去，像是在冲刷着自己的过去，把所有的爱恨全部带走，毫不保留，不想回头。

严格说来，王烨超是这家澡堂的主人。原本这是他父母在做的生意，因为年纪大了，改由他来接手。上学的时候他并不是太喜欢读书，成天不是在学校勒索低年级的小朋友，就是在学校外打架，但他踢得一脚好球，还参加过市里的比赛，我一直觉得如果运气好一点，他应该是去做运动员的那种人。

虽然王烨超家的澡堂和我家也就隔了两个路口，但同校的我们却没有什么交集，偶尔上学放学同路，也最多互看一眼，再不会有什么交流。不过，那段时间我去他家澡堂子洗澡，只要他在，看到认识的同学过来通常都不收钱，为这事他也没少挨他父亲的揍。

而此刻，我和他隔了一池热气腾腾的洗澡水，看着他不断地用水冲刷自己黝黑的身体，直到冲洗干净，他却耷拉着脑袋靠在一旁，哐当一声，直接倒在了地上。

我连忙从池子里跳了起来，扶住他的头，大喊有人晕倒了。

地上还有尚未来得及流走的血水，围在王烨超的身体四周，仿佛在等待着某种谢幕。人的一生中或许总有一次这样哐当倒下的时刻，是精神也可能是身体，没有防备也毫无顾虑。

十年之后，我们这样重逢了，在昏暗的浴室，混沌的血水里，以谁都没有想到的方式。

丁香花

说起王烨超，就不得不提到冷晓君。

姓冷的人并不多，在百家姓里排不进前一百。但冷晓君姓冷却性格一点都不冷，她是我们班的班长，一米七的高个子本来就醒目，留着一头乌黑亮丽的及腰长发，总爱穿一条到膝盖的黑色小裙子，在白色衬衫上面背一个格纹双肩包，再加上性格爽朗，笑起来一对明显的小酒窝，让漂亮的她又多了一点可爱，男生很难有不为她着迷的。

在这所北方的中学里，几乎没有人不认识冷晓君，大部分男生都封她为校花，希望她成为自己的女朋友，但可能情书还没送到她手里，就已经在传信的过程中被人烧掉了。

那时的我，也是冷晓君诸多爱慕者中的一员，但与他们不同的是，我连追求的勇气也没有。

不像王烨超。

我不知道那是不是他们第一次相识。那是一个 5 月的下午，整个城市刚刚进入春天，阳光把一切都照得格外懒散，我知道冷晓君喜欢在下了自习课后独自去操场看书，所以也总是带一本书，坐在操场的另外一个角落，这样抬起头就能看见她。那天冷晓君穿着蓝色的衬衫，微风轻轻卷起她衣服的荷叶边，几个少年偶尔从她面前的跑道跑过去，一切都像是电影的画面一般。

她拿着从图书馆借来的名为《茫茫黑夜漫游》的流浪汉小说。这本书中的主人公上过大学，打过各种各样的工，也在战场上卖过命，甚至还进过精神病院。对一个高中生来说，这样一个世界格外遥远，却又迫不及待想去看看。我知道冷晓君喜欢看各种各样的书，有次班会聊起理想，她说自己想去美国学导演，希望有一天能拍出一部伟大的电影，在那之前，她喜欢先从书本中去了解不同人的故事和世界。

那个有着和煦微风的下午，她像往常一样拿着一本书在读，并没有意识到不远处有我这样的爱慕者在偷偷看她，也没有意识到，她即将认识的那个叫作王烨超的人，可能将影响她一辈子。

王烨超可能是刚刚踢完球，穿着白色短裤黑色上衣的他此刻正大汗淋淋，单手握着自行车车把站在操场边，望着他引以为傲的球场，就像刚刚打完胜仗的将军一样。他很快就看到了冷晓君，阳光下，那个看书的女孩不时轻轻拨弄着自己的头发，他跨上了车，慢慢骑到了她跟前。

"你很好闻。"

这是王烨超对冷晓君说过的第一句话。冷晓君没有抬头，继续翻着自己的书，那些著名的追求者中不乏外校的校草，而像眼前这种流着汗说着怪怪开场白的运动型的男生，随时都可以抓出一大把来，并没有浪费时间的必要。

"你身上有丁香花的味道。"

王烨超继续说道。从小到大，他都坚持认为人身上是有不同味道的，而这个下午，他在这个好看的女孩身上闻到了丁香的香味，淡淡的、柔柔的，却从阳光下慢慢刺进自己的皮肤，直到心中。

冷晓君依然没有抬头，也没有回答。王烨超就这么看着她，慢慢骑着车在她身边绕着圈子，他从来没有这样看过一个人，也从来没有遇到过一个有着丁香味道的女孩，这个世界上的人有好闻的，也有不好闻的，丁香一定是最好闻的那种，不会过分浓烈，却有着属于自己的馥郁和温暖，是他最喜欢的味道。

突然间，他的自行车撞到了人，王烨超也哐当一声摔倒在地上，他抬起来一看，原来是教导主任。还没等对方开口骂他，他就骑上车，魂飞魄散地仓皇逃走，但那有着丁香花味道的女孩，已经如魔咒一般，再没法从记忆中除去。

一天后的课间休息时间，王烨超直接闯进了我们班教室，在众人诧异的目光中，他径直走到冷晓君面前，将一个白色的信封放到她课桌上，然后没说一句话，头也不回地走了出去。

冷晓君打开信封，没有信纸，只抖落出一朵五瓣的丁香花。

那座城市流传着一个传说，谁找到五瓣的丁香花，也就意味着找到了幸运。

离别夜

很多年以后，我再次遇到冷晓君，她问我："你相信一个人是有味道的吗？"

我说："应该是有的吧。"拥抱的时候，呼吸中可能有着植物的香味；接吻的时候，唇边可能有着烟草淡淡的余韵；走在一起，身上可能有着含羞草的香水味道。

你能记得的所有味道，都是与爱人有关的。

就像王烨超，他一直用味道来与人产生联系和记忆。自从那个 5 月开始，他固执地把丁香花的味道与冷晓君绑在了一起，此后每一年的 5 月，北城春暖花开，整座城市都是冷晓君的味道。

那一年，他们没有因为那朵传说中能带来好运的丁香花走到一起。对学生而言，一生中有一个 5 月是最难熬的阶段，那便是高考前的那段时间。

王烨超和冷晓君的相识，一开始就注定要告别。

在这样一座北方的城市，读书对很多人而言是他们改变生活的唯一选择，如果你不想一辈子守着一家包子铺或澡堂子，每天无精打采地对着同样的面孔，考一所好学校，离开家乡，或许是最有效的方式。

每一种选择都会是人生新的开始，就像到现在我都很难解释离开和留下到底哪一种会更好一点。有人喜欢远走他乡去多看看这个世界，有人宁可找一个爱的人就这么生活一辈子。冷晓君和王烨超，就这么从一开始，就站在选择的不同分岔路上。

通常在一所普通高中，尤其到了高三的时候，成绩的好坏很容易决定你的朋友圈，大部分成绩好的同学都自成一派，北大清华或是哈工大会是他们奋斗的目标，另外一些成绩差感觉未来无望，只求拿个毕业证在家乡做个小生意或去北上广打工，这两派之间一定互不往来，只有冷晓君是个例外。她成绩好，家庭出身好，追求者多，却两边都吃得开。学习好的自不用说，成绩差的也会震慑于她的魅力，所以即使并没有和哪个男生真正走到一起，她也并没有拒绝掉任何集体的活动。高考结束后班上有几个比较活络的同学提议一起吃个散伙饭，大家虽然并不属于尖子生那拨，但有人大胆地约了她，冷晓君二话没说答应了下来。

那天下午，爸妈都上班去了，我一个人坐在阳台上看书。家中的座机响了，电话那头一个好听却有着某种距离感的声音在说："我是冷晓君。"

我有点惊讶她会打电话给我，只听她接着说："晚上的同学会，你也会去吧？"

我嗯了一声。

冷晓君沉默了片刻，我仿佛感觉到她在电话那端吸了一口气，然后说道："能帮我个忙约上王烨超吗？我记得你们好像住得很近。"

我说好，她接着用那略显平淡的语气说谢谢、再见，挂了电话。

散伙饭选在大家都爱去的那家小烧烤店，店铺不大，最多也就能容纳十来个人，四五张桌子，平时招待的都是熟客。

点了一堆肉串、烤腰子、茄子、花生米、一盘饺子以及数不清楚的啤酒，王烨超在我们已经喝到快要醉了的时候才来。接到冷晓君的电话，我过了一会儿才去巷子尽头的澡堂子找到王烨超，转达冷晓君的邀请。他一开始有点不太敢相信，连着问了我好几遍冷晓君在电话里究竟是怎么说的。其实我也不是太明白冷晓君为什么会邀请他，以及为什么选我作为传话的那个人。

王烨超好像也已经喝过了一点酒，他一来就嬉皮笑脸地搂着冷晓君的腰，说以后发了财一定要去广州把她娶回来。

冷晓君笑了笑："你喝完这瓶啤酒我再考虑一下吧。"

王烨超二话没说咕咚咕咚地就把啤酒整瓶灌了下去，头都没有抬一下，架势很江湖，好像是在演香港古惑仔电影。

他知道，一心要离开哈尔滨的冷晓君此刻已经如愿以偿地收到了中山大学的录取通知书，而他自己，除了接手父母的澡堂子也没有更好的出路了。

那瓶酒很快就消失在王烨超的喉咙里，他扔开空酒瓶，用手背擦了擦嘴，瞪大双眼看着冷晓君，带着酒气继续问道："怎么样，考虑好了吗？"

冷晓君没有回答他，只是另外拿过来一瓶啤酒，用起子打开，也咕咚咕咚开始整瓶往喉咙里灌，王烨超一把抢了过来，大声说道："你要干吗啊？"

冷晓君的眼泪落了下来，她低着头看着地面，小声说："你不知道，我再也不会回这里来了。"

烧烤店的收音机在播着当地的电台节目，毕业季人们好像都很喜欢用点歌的方式说出那些平时不敢说的话，此刻有人正好点了一首吴奇隆的《一路顺风》。

那一天送你送到最后
我们一句话也没有留
当拥挤的月台挤痛送别的人们

却挤不掉我深深的离愁
我知道你有千言你有万语 却不肯说出口
你知道我好担心我好难过 却不敢说出口
…………

王烨超扶着冷晓君的肩，也哭了起来。

我们都哭了起来。

逃

对冷晓君而言，离开是她从一开始就为自己做的选择。

她厌倦了这座城市的一切，漫长的冬天，虚情假意的后
妈，看父亲面子一脸谄媚的老师，无数只是为了高中生那点
浅薄的虚荣心而追求自己的男生。她想去看看外面的世界，
哪怕是像《茫茫黑夜漫游》里那样要经历诸多磨难也在所不惜，
她愿意为了那个想象中更加精彩的世界舍弃些什么，何况，
一辈子窝在这样的城市，永远不可能有机会拍部属于自己的
电影。

她没有想过要回头。

南方，对王烨超而言却是遥不可及的存在，他报考的都是家门口的大学，但成绩实在是太差都没有考上。去北上广深打工，一个人闯出一片天下，这跟在球场上碾压对手或是收收低年级小朋友的保护费比起来，更让他觉得恐怖。他顺从地接受了家里的生意，反正打理一家叫作"好再来"的小澡堂子并不需要什么技能，从他初中开始帮爸妈卖票，他就开始对一切经营都了如指掌，也渐渐意识到，这家澡堂就是他未来生活的全部。

人世间有很多路可以走，有些是父母早已经为你铺好的，有一些则需要自己去经历，无论选择哪一条，你都没有回头路可走。而且，没有哪条路可以保证通往幸福。

高中散伙饭的那个晚上，大家都喝多了，夏夜的哈尔滨街头早已没有什么人，一群喝多了酒的高中生聚在巷子口，唱着吴奇隆的歌，一边哭着一边聊着自己的未来，然后又止不住地笑。很多年后回想起那个夜晚，我想那就是我的青春，转瞬即逝。

王烨超已经喝到满脸通红，他靠在路边的电线杆上，左手拿着啤酒瓶，右手努力想要点燃一根烟。终于吐出了第一口烟后，他站起身，摇摇晃晃往冷晓君身边走去，拨开长发在她耳边说："这辈子或者下辈子，除了你我谁都不要。"

冷晓君一巴掌打在了王烨超的脸上，说别傻喝了，赶紧回家吧，接着抓住他的手往下拽，匆匆走到了一旁。那一巴掌把王烨超扇醒了，他独自站在街头，自顾自低着头继续抽烟。

空荡荡的街道，只留下数不清的啤酒瓶，空气中有烧烤摊炉火熄灭后的炭焦味道，夏夜的哈尔滨亮得也特别早，天空开始泛白，人群在逐渐散去，一切都要结束了。

我不知道那个晚上冷晓君是什么时候离开的，我回家的时候已经没有几个人，她不在那几个人当中。而王烨超还站在街头，一根接一根地抽着烟，我问他："你还好吗？"他摇摇头说："你先回去吧，我想再待一会儿。"

一周以后，冷晓君坐火车去广州了，没有一丝遗憾。南下的火车要坐好几天，她坐在咣当咣当前进的火车上想起最后那晚打在王烨超脸上的那巴掌，他惊讶的、红着双眼的脸，她发现自己忘记不了那个画面。

留在哈尔滨的王烨超，在澡堂边上的一处空地里，种下了一棵丁香树。

相逢

在上海的一家咖啡厅，我见到了冷晓君，事实上是她约的我，跟散伙饭那天下午的那个电话差不多的情形。突然有一天，一个陌生的 ID 在微博私信我，说："我是冷晓君，老同学你在上海吗，有没有时间一起喝点东西？"

十二年没见，我差点没有认出她的样子。要不是一米七的她实在太醒目，并且一直冲着我笑，我还挺难把眼前这个穿着精致的小黑裙和高跟鞋，发型妆容一丝不苟的标准都市金领，和当年那个齐腰乌黑长发总爱穿棉质衬衣的女孩联系在一起。

稍微寒暄了片刻，说了说各自的近况，她有点像是迫不及待地直奔主题："你还记得王烨超吗？"

我点点头，嗯了一声，没有多说话，但脑海中还是那个在澡堂满脸血，最后倒在地上的黑瘦身影。

她微微叹了口气，说："很多年后，我们终于在一起了。"

不在广州，也不在哈尔滨。毕业后冷晓君来到了厦门，没有从事她曾经梦想的电影行业，而是在广告公司做起了客户总监。

她喜欢这座到处是陌生人的城市，反正一个人生活惯了，没有朋友倒更加轻松。周末的时候，去离家门口不远的"添记"点心铺吃个早茶，只有五六张桌子，来的都是熟客，但冷晓君依然会打扮入时，仿佛见客户一样。一个人更要认真对待生活，就像去吃早茶之前，她通常还会去花市买回这个季节才有的马蹄莲，养在阳台白色的花瓶里。

点的都是自己喜欢的食物，豉汁蒸凤爪、流沙包、叉烧肠粉、艇仔粥，最后再来一壶菊花普洱，茶还没泡开就直接倒入杯中一口喝了下去。由于添记实在太小，大家又习惯慢慢吃个早茶，翻台也慢，一个人吃饭的冷晓君难免遇到需要拼桌的状况，偶尔和陌生人坐在一起，很多人边吃边玩手机，偶尔筷子还伸进她的菜里，但她不说也不提醒对方，就那么默默地自己吃着，看拼桌人是否会自己羞愧地反应过来。

这一天，她依然按照惯例点了固定几样食物，然后先端起粥，用勺子一点点地在白瓷碗边缘刮去底部沾着的米粒，再慢慢地一口一口送入口中。点心上了好几种，正当她准备要夹一块肠粉的时候，一双筷子飞了过来。冷晓君看了一眼，直接愣在了原地，王烨超！

但王烨超此刻注意力只在手机上，完全没有注意到她，她直接用筷子夹住了王烨超伸向肠粉的筷子，坐在对面那个男人抬起了头，也立刻当场呆住。

人世间的相遇都是注定的，冷晓君在对我说这句话的时候，我看见她的头轻轻摇了摇。

有多少年没见了？四年大学，四年工作，八年不过是转瞬的事。两个人对视了几秒，却好像几个小时那么长，还是王烨超先笑了起来，打破了沉默："怎么你也在这里？"

眼前的冷晓君更漂亮了，化过妆的脸庞更加光鲜，也更有灵气。王烨超变化却不大，除了更加健硕，鼓鼓的胸部塞在一件白色的衬衫中，悬在半空中的胳膊也粗壮得像是要撑破衣服，他剃着短发，眼角多了一些皱纹，比起当年驰骋球场的坏小子，现在的他更多了几分成熟的韵味。

"来厦门玩？"冷晓君看着王烨超，拨了拨眼角的刘海。

"出差，来收款的，这里有一个老板欠了我们不少的钱，然后派我来收钱了，不给钱就揍他！"王烨超狠狠地说了句。

"你不是接手了你爸妈的那家澡堂吗？怎么生意都做到厦门来了？"

"咳，那澡堂子天天也就那么点事，我又找了个物流公司的活，兼着帮老板跑跑腿。"

"这么多年你还是没变，动不动就要打人，有话好好说嘛。"

"我也就那么一说，他要是能爽快点，哪里有那么多事。"

好像也没什么话可以聊了。一阵短暂的沉默，两人各自夹着自己面前的点心，但放进嘴里，却完全没有滋味。好半天冷晓君重新开启了话题："你今天接下来什么安排呢？"

"我下午就去见那个老板，接下来就没什么事了。"

"那，晚上一起吃个饭？"

"嗯。"

王烨超听着自己的心跳声，怦怦怦，再厚实的胸膛，也关不住此刻拼命在蹦着的那颗心。

缠绵

晚上约在冷晓君常去的日本居酒屋。王烨超到的时候，看见冷晓君正站在门口抽着烟，轻轻地对着空气吹出一口气，像是某种叹息。"你什么时候也开始抽烟了？女孩子抽烟不好。"他皱了皱眉头，对冷晓君说。

"没什么，想抽就抽了。来一根吗？"冷晓君掏出烟盒，对着王烨超说。

他从冷晓君递过来的烟盒中取出了一根烟，那是一个通常男生才会抽的牌子。两个人就这么站在店门口，一句话不说抽完一根烟。然后冷晓君在街旁的垃圾桶上掐灭了烟头，说："咱们进去吧。"

王烨超也学着她，在垃圾桶上头的烟灰缸里掐灭香烟，而不是像习惯的那样随手扔在地上用脚蹍熄，他跟着冷晓君进入了那家藏在巷子里的居酒屋，推开深蓝色的门帘，在一盆作为间隔的花之后，是一个长长的吧台，已经坐了三四个人，吧台后有个瘦削的中年老板，像是《深夜食堂》漫画里那样。"这家店挺好的，离我公司很近，关得挺晚，有时候加班晚了，我会过来吃碗面再回家。"像是在介绍，也像是在自言自语，冷晓君带着王烨超，在吧台的一头找了两个座位坐下。

点了烧酒、毛豆和刺身，几串烧鸟和一碗荞麦面。

王烨超拿起酒壶就准备一口喝下去，冷晓君夺过瓶子笑着说："你这个土包子，这清酒哪里是一壶一壶地吹啊，慢慢喝，你还当这儿是在咱大东北呢。"

没有问他下午与老板的交流如何，聊起的都是过往，也没有问彼此是否单身，对此刻的他们而言，意义并不大。

一杯一杯的清酒下去，再淡的酒也还是会醉。最后，两个人都有一些微醺，说话声音开始变大，随便一句什么话，都忍不住要哈哈大笑起来。最后只剩下他们这一对客人，老板自顾自擦拭着吧台杯盏，为他们添酒，没有任何催促的意思。

但总会有结束的时候。王烨超坚持买了单，要送冷晓君回去，这个时候的厦门满城都是三角梅，像是疯长一般布满整个街头，没有什么香味，一大片一大片的，在夜的路灯下，看上去像紫色般梦幻。

他吻了她的额头。

两个人相拥在巷子口，像是一对等待了很久终于重逢的恋人，又或者，只是两个人太过寂寞。

靠近的时候，可以听得到彼此心跳的声音，她知道她需要一个男人走进自己的生活，她不可能就这样一直一个人，断绝所有和过去的关系。

第二天早上醒来时，王烨超依然抱着冷晓君，他把鼻子放在她的脖子上，轻声说："你知不知道，你闻起来好像丁香花。"

可能是好久没有被这样整晚地抱在怀里，不，是从来没有，短暂交往过的两个男生，不是自顾自打鼾，就是转过身留一个背给她。而此刻，在阳光下，她感受着王烨超的鼻息，结实的胳膊围绕过来的重量，她感觉自己像是变了一个人，说了一句自己也没有想到的话——

"留下来吧，不要回哈尔滨了。"

他没有去想留下来做什么，靠什么生活，也没有去想哈尔滨的生活怎么办，小澡堂如何处理，怎样对父母交代，他只是用手慢慢抚摸着她每一寸肌肤，生怕此后再也不能触碰到她一般。

但他还是不假思索，在她耳边轻声说："好。"

生活的样子

王烨超住进了冷晓君家，在这座城市定居下来。

每天负责帮她把便当做好，晚上接她下班，然后一起回家吃饭，像一对在一起很多年的夫妻，彼此十分熟悉，又并不会牵挂太多。

他没有一份像样的工作，干脆炒炒股，做一些投资，维持基本的生计，哈尔滨的澡堂找了一个人看着，父母觉得要是能有一个家庭，便也随他而去。冷晓君不介意跟一个不会赚钱的男人在一起，有钱人见得多了，平平淡淡的生活，反而才是她想要的。

半年后他们订了婚，这是冷晓君毕业之后第一次回哈尔滨——工作之后，她总在过年的时候给自己安排出国的旅行，以便不用再回去面对父母。她总是在国外客气地给他们打电话祝贺新年快乐，就像此刻她与王烨超和那两个她叫爸爸阿姨的人坐在一起，她也是一样客客气气地说："这是王烨超，我们决定要结婚了。"

但冷晓君的父亲一百个不同意这段婚姻，还扬言要去拆了那家澡堂子。

她无所谓，从母亲早年离开，父亲找了这个阿姨开始，她觉得她所有的生活都是在为自己而过。见过该见的人，她带着王烨超又回到了南方。

"你们后来为什么还是没能在一起呢？"我脑海中始终还是王烨超倒在一汪血水里的画面，实在忍不住向面前的冷晓君问起。

她看着我，嘴角努力向上扬了扬，试着要做出一个微笑的表情："生活有时候并不会朝着你想象的方向前进，它有太多选择了，但可怕的是，我们明明知道有些选择的后果，还是会做出让你后悔的决定。"

我想不出有什么好回应她的，她又说："其实上学的时候，你很喜欢坐在操场看我看书对不对？"

她原来都知道。

"那时候你作文写那么好，但从来没有给我写过信……我今天想告诉你这些，也是希望现在是大作家的你，有一天可以帮我把这个故事写出来。"

然后她就告别了。

但她说的故事并不完整。后来的部分，我是听另外的同学说的，所有碎片组合在了一起，让这个故事有了一个结局，或者说，另一个方向的说明。

在听说冷晓君毕业去了厦门之后，王烨超找了一份与厦门有业务往来的物流公司的工作，他对工资要求不高，什么都愿意做，尤其是出差。

婚前两个人循例做了次体检，以为只是走个过场，他却被医生告知得了喉癌，婚期无限延迟，他变得痛不欲生，喝口水喉咙都是疼的，医生说只有百分之五十的存活率，他还是决定去做手术。

　　冷晓君在他住院的时候出了轨，对象是同事，一个刚进公司没多久的应届生，好像是那个来自南方的小男孩特别会讲笑话，她终于开始在公司和一个人走得比较近，然后在一次出差的过程中，因为喝得比较多，有些事就这么发生了。

　　她没有隐瞒，把整件事原原本本地告诉了王烨超，她说："我现在已经不知道有谁可以给我安全感了，以前我以为是我自己，后来以为是你，但现在，谁都做不到了。"

　　王烨超回到了哈尔滨，他说他想回去看看自己种下的那棵丁香树，说只有那座北方的城市才有丁香花的味道。我就是在他这次回来之后，在澡堂遇见的他，身材干瘦枯槁，一遍一遍冲刷着满脸的血，像是要冲刷掉一切过去。

　　那之后半年，他到底还是走了，告别仪式上，冷晓君哭到跪在地上。

　　我们都以为自己可以彻底摆脱一段过去，事实上，那只会让我们牵连得更紧，在拉扯的时候伤得更痛更深。

我们也以为可以对自己的生活做出选择，但有些时候，我们发现自己并没有选择，又或许，是我们不愿意去选择。

如果一切重来，你会做出怎样的决定？是遵守当初许下的海誓山盟，是安于在一座小城过一辈子，是鼓起勇气开口说我喜欢你，还是再一次地，选择背叛、软弱、怯懦？

我们的每一个选择，决定了现在和未来的人生。我们选择不了过去，过去也没有如果。

但如果可以，在未来的某一天，我想要在一个花开的5月，回到那座有丁香花的城市，再闻一闻那味道。

V

那些对爱无关紧要的事

1

也许那个答应陪你一起看风景的人已经不在身边了，

可我们依旧值得去等待一次壮丽的旅程。

2/

我们总是希望有那么一个人，
可以陪你看看这个荒芜的世界。

3/

想写一封信给爱过的你，但是不知道收信地址，

于是写完就放在了那里。

有一些情感，因为没有回应就变成了大海，

荒芜没有边际。

图书在版编目（CIP）数据

孤独远行 / 阿 Sam 著 . —长沙：湖南文艺出版社，2018.1
ISBN 978-7-5404-8335-7

Ⅰ . ①孤… Ⅱ . ①阿… Ⅲ . ①随笔—作品集—中国—当代 Ⅳ . ① I267.1

中国版本图书馆 CIP 数据核字（2017）第 247413 号

© 中南博集天卷文化传媒有限公司。本书版权受法律保护。未经权利人许可，任何人不得以任何方式使用本书包括正文、插图、封面、版式等任何部分内容，违者将受到法律制裁。

上架建议：畅销文学 | 旅行

GUDU YUANXING
孤独远行

作　　者：阿 Sam
出 版 人：曾赛丰
责任编辑：薛　健　刘诗哲
监　　制：毛闽峰　赵萌　李娜　刘霁
特约策划：郑中莉　由　宾
特约编辑：邱培娟
营销编辑：杨　帆　周怡文　吴 思
封面设计：好谢翔
版式设计：利　锐
头像绘制：Tommy
项目策划：杜　娟
版权支持：凌　立
出版发行：湖南文艺出版社
　　　　　（长沙市雨花区东二环一段 508 号　邮编：410014）
网　　址：www.hnwy.net
印　　刷：北京市雅迪彩色印刷有限公司
经　　销：新华书店
开　　本：860mm×1200mm　1/32
字　　数：172 千字
印　　张：9.5
版　　次：2018 年 1 月第 1 版
印　　次：2018 年 1 月第 1 次印刷
书　　号：ISBN 978-7-5404-8335-7
定　　价：58.00 元

若有质量问题，请致电质量监督电话：010-59096394
团购电话：010-59320018